Frauke Tuttlies

Am Rand der Erinnerungen

Geschichten über Menschen mit Geschichte

worthandel : verlag

für Alfred

„Je älter man wird, desto mehr ähnelt die Geburtstagstorte einem Fackelzug."

Katherine Hepburn

Eisblumen

Wenn du hier einziehen willst, musst du mir eins versprechen, bat Eiske. *Kümmere dich um Toni.*

Wir standen vor dem Haus. Es war baufällig. Alt, klein, grau. Wenn man die Haustür öffnete, stieß man zuerst auf vier Briefkästen, die wie Schwalbennester an der Wand klebten. Zwei von ihnen schlossen nicht richtig, die anderen ließen sich nicht mehr öffnen. *Macht nichts,* meinte Eiske, *Toni bekommt so gut wie nie Post, und die dritte Etage ist nicht bewohnt.* Sie ging voran, den dunklen Hausflur entlang, an dessen rechtem Ende sich die Wohnungstür befand, während sich links eine Treppe in die Höhe schraubte. In der Wohnung roch es feucht, der Putz blätterte von den Wänden. *Es gibt keine Heizung,* erklärte Eiske. *In den oberen Stockwerken haben sie Kohleöfen, hier musst du ohne auskommen. Du kannst den Backofen anlassen, dir einen Elektroofen besorgen oder frieren.*

Es ist Sommer, entgegnete ich und nahm die Fenster in Augenschein, deren Rahmen gelb gestrichen waren, sonnenblumengelb. Sie gingen auf einen Hinterhof, in dem sich abgenutzte Reifen stapelten. *Die gehören zur Autoreparaturwerkstatt,* verfolgte Eiske meinen Blick, der an dem einzigen Baum im Hof hängen blieb. Eine Birke. Gegenüber den sonnengelben Fenstern hatte sie ihre Wurzeln durch den Asphalt getrieben, als wäre sie eine Überlebende.

Meine Möbel würde ich gerne hierlassen, wünschte sich Eiske. Mit den Möbeln meinte sie einen Schrank und ein Bett. Mir war das recht. Ich hatte mich vor Kurzem von meinem Freund getrennt, ich besaß keine Möbel. *Danke,* willigte ich ein, die Wohnung war billig, ich hatte kaum Geld. *Toni,* nickte ich. *Abgemacht,* beschloss Eiske.

Einen Tag nach meinem Einzug stellte ich mich bei Toni vor. Ich stieg die Treppen hoch, unters Dach des Hauses, hinauf zur Mansarde. Toni öffnete die Tür sofort, nachdem ich geklingelt hatte. Sie hatte kurz geschnittenes, widerspenstiges, graues Haar, auf das ich heruntersah, da Toni mir nur bis zur Brust reichte. Sie gab mir eine runzelige, welke Hand und zog mich entschieden mit erstaunlicher Kraft zu sich in die Wohnung. *Du bist die Neue, wir sind zu dritt im Haus, hast du Achim schon kennengelernt, der bringt mir, wenn 's kalt wird, die Kohlen aus dem Keller,* sagte sie und fuhr gleich fort, *ich bin Antonia, kannst mich Toni nennen, wie alle.*

Toni bat mich, auf ihrem Sofa Platz zu nehmen, das ächzte, als ich mich niederließ. Ich sah mich um. Außer dem Sofa, zwei Holzstühlen, einem Beistelltisch, dem Kohleofen und einem Bett in einer Nische gab es hier nichts. Nur die kleine Küche, in die Toni verschwunden war, und ein noch kleineres Bad, wie ich später feststellte.

Das einzige Fenster des Zimmers, in dem sich saß, war mit Spitzengardinen dekoriert, sie waren, so weit ich sehen konnte, der einzige Schmuck in Tonis Wohnung. Vor dem Fenster gurrten Tauben.

Toni kam aus der Küche und stellte ein Glas Wasser vor mich hin. *Wasser aus dem Münsterland, frisch aus dem Hahn,* sagte sie. Ich nahm einen Schluck. Toni betrachtete mich. *Gut siehst du aus,* meinte sie, *Eiske sah auch gut aus. Es ist so,* begann sie, *mein Bad hat keine Badewanne, nicht mal eine Dusche. Außerdem bin ich nicht mehr so beweglich.* Toni schwieg für einen Moment. *Samstags,* erklärte sie dann, *ich werde samstags gern gebadet. Samstagvormittag,* schloss sie. *Ich hole dich gegen zehn Uhr ab,* schlug ich vor und nahm noch einen Schluck Wasser.

Toni trug einen Bademantel, dazu Filzpantoffeln. Sie stand abholfertig in der Tür, als ich hochkam. Ich führte sie die Treppe hinab, wir gingen langsam, vorsichtig, Stufe für Stufe. Ich zog Toni aus und half ihr in meine Wanne, fragte *zu heiß, zu kalt,* fand die richtige Temperatur, spülte sie ab, seifte sie von Kopf bis Fuß ein und spülte sie wieder ab. Tonis Körper war in zwei Hälften geteilt. Von vorne sah sie alt aus, verwittert. Tonis Rücken aber war glatt wie ein Kiesel. *Eine schöne Front,* erzählte Toni, *das war für mich früher wichtig, da hab ich mich immer gesonnt. Jetzt bin ich hinten schöner. Interessiert eh keinen mehr,* meinte sie. Ich trocknete sie ab.

Toni entdeckte meine Kosmetika. *Eine Körperlotion,* bedeutete sie, *für so etwas Feines hast du Geld.* Ich cremte sie ein, hüllte sie wieder in ihren Bademantel und brachte sie nach oben.

Da ist noch was, bemerkte sie auf dem Weg. *Wo ich die Sonne doch liebe. Ich kann nur durch deine Wohnung in den Hof.*

Am Sonntag trug ich zwei Klappstühle aus meiner Küche und stellte sie in den Schatten der Birke. Toni zog ihren Stuhl sofort in die Sonne. *Ich brauche Wärme,* sagte sie. Sie schloss ihre Augen und lehnte sich zurück. Plötzlich drehte sie sich zu mir, griff nach meinem T-Shirt und zog es hoch. *Du hast nicht viel,* stellte sie fest. Sie lehnte sich wieder zurück und begann zu erzählen.

Toni war verheiratet gewesen. Sie hatte den Mann genommen, den ihre Schwester wollte. Ihre Ehe blieb kinderlos. Tonis Ehemann war bereits vor zehn Jahren gestorben, auch Tonis Eltern waren längst tot. Blieb nur noch die Schwester, die von Toni seit damals nichts mehr wissen wollte. *Ich bin allein,* bekannte Toni, *so ist das. Was meinst du, ob wir unter der Birke Blumen pflanzen können?*

Im Laufe des Sommers lernte ich einen Mann kennen. Als er bei mir übernachtete, stand Toni, der ich den Ersatzschlüssel zu meiner Wohnung anvertraut hatte, am nächsten Morgen neben dem Bett. *Die Sonne scheint,* sagte sie und zupfte an meiner Decke. *Toni,* entgegnete ich, *ich bin nicht allein. Ich geh dann schon mal in den Hof,* entschied Toni. *Lass uns in Zukunft lieber bei mir übernachten,* forderte der Mann. *Jeden Samstagmorgen muss ich hier sein,* erwiderte ich.

Toni und ich hielten die Samstage aufrecht. Und auch die Sonnenstunden am Sonntag, bis der Sommer lange Schatten warf.

Mit dem Sommer ging auch der Mann. Ich konnte es nicht recht fassen, saß bei Toni auf dem Sofa und klagte ihr mein Leid. *Das bringt der Herbst mit sich,* seufzte Toni, Achim schleppte die Kohlen hoch, vor Tonis Fenster gurrten die Tauben. Ich sah die Spitzenvorhänge an.

Wie machst du das, fragte Toni im Winter, der ungewöhnlich kalt war. Und lang. *Ich gehe ins Bett,* antwortete ich, *hocke in der Badewanne, oder trage meinen Skianzug. Was sind wir nur für merkwürdige Hausbewohner,* lächelte Toni. Ich stand auf und hauchte gegen die Eisblumen an ihrem Fenster. Sie wollten nicht schmelzen. *Sind sie nicht schön,* fand Toni, *so komme ich selbst im Winter noch zu Blumen.* Ich aber heizte dem Ofen ordentlich ein und legte Toni eine zusätzliche Decke aufs Bett, meinen Schal und ein paar Wollsocken. Dass ich das Haus verlassen würde, konnte ich nicht sagen.

Ich suchte die Nachmieterin sorgfältig aus. *Wenn du hier einziehst, musst du mir eins versprechen,* bat ich.

Bis der Tag anbricht

Großvater Friedrich war Presbyter in unserer Gemeinde. Er ging jeden Sonntag in die Kirche, hatte eine Frau, die er liebte, sechs Kinder, von denen zwei als Missionare im Ausland tätig waren, einen Garten mit vielen Apfelbäumen und seinen Dachboden voller Erinnerungen. Hier stapelten sich leere Kisten, lange Bänke und Holztische, an denen die Arbeiter gesessen hatten, sie rollten Zigarren von Hand. Davon ließ es sich auch nach der Schließung des Heimbetriebes dank der Liquidationshilfe leben, Großvater Friedrich hatte, was er wollte, hatte alles gehabt. Jetzt aber war seine Frau gestorben, Großmutter Paula, an Krebs.

Bis der Tag anbricht ließ Großvater Friedrich auf Großmutter Paulas Grabstein setzen, *zweiter Petrusbrief, Vers 1, 19,* sagte er traurig zu mir und murmelte, *wie lange kann das dauern.*

Jeden Mittag kam er von nun an zu uns an den Tisch, atmete wie ein alter Mann, roch wie ein alter Mann, beschwerte sich wie ein alter Mann. Nichts wollte ihm schmecken, nichts war ihm recht. Dann ging er wieder in sein Haus, das nach abgestandenem Bratenfett roch, nach verfaulenden Äpfeln und kaltem Zigarrenrauch. Großvater Friedrich legte sich ins Bett. Er lauschte der Standuhr, die im Flur wie eh und je schlug, zählte die Stunden.

Sonntag, in der Kirche, war er zu müde, um wie sonst nach vorne zu gehen, wollte im Hintergrund bleiben. Schwerfällig ließ er sich auf der vorletzten Bank nieder. Sein tiefer Bass brummte die Kirchenlieder mit, als plötzlich eine Stimme an sein Ohr drang. Sie war ungewöhnlich klar. Großvater Friedrich lauschte, und mit der Zeit meinte er, das müsse ein Engel sein, der so hell und licht tönte. Verwirrt fragte sich Großvater Friedrich, von wo der Gesang kam und ortete ihn schräg hinter sich, hinten links, Großvater Friedrich drehte sich um und erblickte Maria Mollenhauer. Maria Mollenhauer sah ihn an.

Kennen wir uns, fragte Großvater Friedrich nach dem Gottesdienst. *Sie sind Presbyter,* sagte Maria Mollenhauer. *Ja, sind sie denn öfters hier,* fragte Großvater Friedrich. *Sonntags,* antwortete Maria Mollenhauer. *Warum habe ich sie noch nicht gesehen,* wunderte sich Großvater Friedrich. *Weil sie normalerweise ganz vorn sitzen,* wusste Maria Mollenhauer, *und ich immer ganz hinten. Sie haben aber eine schöne Stimme,* schloss Großvater Friedrich die Unterhaltung.

Maria Mollenhauer. Der Vater Bechterew, die Mutter Parkinson. Als Marias Mollenhauers Eltern erkrankten, war sie eine junge Frau, ihre Haut rosig, ihre Haare braun. Maria Mollenhauer trug Strumpfhosen, fest gewebte, Knie bedeckende Röcke, Blusen mit Kragen und eine Kette, an der ein Kreuz hing. Selbstverständlich würde sie ihre Eltern pflegen.

Als Marias Mollenhauers Eltern schließlich gestorben waren, sah sie in den Spiegel und fand sich grau. Ihre Haut war teigig geworden, sah aus, wie ein Brotfladen, dem es an Wärme gefehlt hatte, der nie aufgegangen war. Das Kreuz baumelte nach wie vor an der Kette um Maria Mollenhauers Hals. Und das Leben war an ihr vorübergegangen, Maria Mollenhauer hatte es nicht einmal bemerkt.

Das war Maria Mollenhauers Geschichte, bis ihr Blick dem Großvater Friedrichs begegnete. Am folgenden Sonntag setzte sich Großvater Friedrich in der Kirche wieder nach hinten.

Montagmittag kam er zu früh. Großvater Friedrich brachte eines seiner Hemden mit, bat Mutter, es ihm zu bügeln, verschwand im Bad und rasierte sich ausführlich. Er putzte sich heraus. Anschließend baute er sich vor uns auf, bedeutete, *ich kann mich doch noch sehen lassen, oder etwa nicht.* Wir starrten ihn an, Mutter nickte und fragte, ob er sich nicht zu uns an den Tisch setzen wolle. Großvater Friedrich schüttelte den Kopf. *Heute nicht,* sagte er bedeutungsschwer.

Vater sprach ihn später darauf an. *Ich habe Maria Mollenhauer kennengelernt,* erklärte Großvater Friedrich, *das ist eine Frau. Sie macht die Bratkartoffeln wie Paula, mit ordentlich Butter und Speck.*

Von nun an sahen und hörten wir von Großvater Friedrich immer weniger. Auch bei sich zu Hause traf man ihn seltener an.

Im Winter kam der Brief.

Großvater Friedrich hatte ihn an seine Kinder adressiert, an alle sechs. Er schrieb, dass sie sich keine Sorgen machen müssten, es sei für alles gesorgt. Sie würden erben, was ihnen zustände, Maria Mollenhauer habe damit nichts zu tun, auch, wenn er sie ehelichen würde. Was er im Übrigen demnächst auf Ceylon täte.

Dabei ist Mutter noch gar nicht lange tot, sagte Vater und sah meine Mutter über den Rand des Briefes an. Er faltete ihn sorgfältig, steckte das Schreiben zurück in den Umschlag und legte es weg. *Aber wenn dein Vater jetzt glücklich ist,* meinte Mutter.

Fünf seiner Kinder waren nicht anwesend, als Großvater Friedrich Maria Mollenhauer heiratete. Einzig Johannes, Großvater Friedrichs Lieblingssohn und Missionar in Kandy, ging so weit, die beiden zu trauen. Großvater Friedrich schickte uns ein Foto von der Hochzeit, auf dem er eine bollerige, schwarze Hose trug und dennoch wie ein Pfau aussah. Er stand sehr aufrecht, mit vor Stolz geblähter Brust, hatte seinen Arm um Maria Mollenhauer gelegt. Maria Mollenhauer war in einen weißen Sari gehüllt, barfüßig und bauchfrei, sie hatte weiße Blüten im Haar. *Und jetzt kommen die Flitterwochen* hatte Großvater Friedrich auf dem Foto hinten vermerkt.

Wie alt ist Großvater Friedrich eigentlich, fragte ich meine Eltern, als ich das Foto sah. *Vierundsiebzig,* antwortete Vater.

Und Maria Mollenhauer, wollte ich wissen. *Siebzig,* antwortete Mutter. Als das frischgebackene Ehepaar von Ceylon zurückkehrte, ging ein Raunen durch die Gemeinde.

Maria Mollenhauer lud ihre Freundinnen zu Großvater Friedrich. Sie kamen und brachten Pralinen und Blumen mit und setzten sich an den Kaffeetisch, dann führte Maria Mollenhauer Großvater Friedrich ins Zimmer. *Der Herr Presbyter,* begrüßten die Freundinnen ihn, während Maria Mollenhauer an Großvater Friedrichs Pullover herumzupfte, als befänden sich Fusseln auf ihm. Großvater Friedrich legte beruhigend seine Hand auf ihre. *Nicht der Presbyter,* fasste sich Maria Mollenhauer ein Herz zu sagen, *das ist mein Mann.* Dann zog sie zu Großvater Friedrich.

Es war etwas Seltsames um ihr Haus. Ein Sirren und Flirren, Flüstern, Kichern, Knistern, ich wusste nicht, was. Ich ging vorsichtig darauf zu, um rasch fliehen zu können, oder machte lautstark auf mich aufmerksam, damit jeder mein Kommen hörte. Ich wollte nicht überraschen und vor allem nicht überrascht werden. Dabei war ich immer überrascht.

Man konnte sich nicht sicher sein, was einen erwartete, wenn man Großvater Friedrich und Maria Mollenhauer besuchte. Sie öffneten die Tür nicht, wenn ich klingelte, oder sie schauten mit geröteten Gesichtern aus den Schlafzimmerfenstern. Oft spielten sie auch Verstecken. Erst zählte Großvater Friedrich laut, dann rief er *ich komme* und trampelte durchs ganze Haus, schaute sogar unter die Betten. Derweil stand Maria Mollenhauer kichernd hinter der Uhr im Flur. *Willst du mitspielen,* fragte mich Großvater Friedrich. *Ich bin doch kein kleines Kind mehr,* entgegnete ich entrüstet.

Im Spätsommer wurde es ärger. Ständig musste Großvater Friedrich sagen *ist das eine schöne Frau.* So stand er zum Beispiel unter der Leiter, auf der Maria Mollenhauer Äpfel pflückte, er hielt die Leiter fest und schaute Maria Mollenhauer dabei unter den Rock. Da sagte er es wieder, *was ist das für eine schöne Frau.*

Und meine Eltern sahen sich an. Ich weiß nicht, was in ihrem Blick lag. Es war nicht der Blick der Gemeinde, das nicht. Sie zog einen unsichtbaren Kreis um Großvater Friedrich und Maria Mollenhauer, den keiner mehr betrat. Aber das Augenspiel meiner Eltern hatte doch auch etwas mit Abstand zu tun. Ich konnte es ja selbst fühlen. Angesichts der Hitze, die Großvater Friedrich und Maria Mollenhauer verbreiteten, trat man unwillkürlich einen Schritt zurück, in die Kühle des Schattens.

Irgendwann wurden wir es überdrüssig, Großvater Friedrich und Maria Mollenhauer aus dem Schatten heraus zu beäugen. Selbst die Gemeinde zeigte kein besonderes Interesse mehr daran. Dass Großvater Friedrich und Maria Mollenhauer einfach nicht aufhörten, miteinander zu turteln, daran hatten sich alle gewöhnt. *Was machen die Täubchen,* fragte man höchstens, *denen geht es gut,* war die stete Antwort. Und damit hatte es sich, bis eine dieser Tauben erkrankte.

Der Krebs hatte sich in Maria Mollenhauer bereits ausgebreitet, es gab keine Behandlung mehr, die Zeit war abgelaufen. *Dass ich das noch einmal erleben muss,* klagte Großvater Friedrich, Maria Mollenhauer starb schnell.

Auf der Bahre trug sie ihr schönstes Kleid. Großvater Friedrich hatte darauf bestanden. Kann sein, dass er zur Beerdigung seine Hochzeitshose angezogen hatte, sie war genauso schwarz und bollerte. Großvater Friedrich bewegte sich mit seinem Fotoapparat um den offenen Sarg, während wir schweigend danebenstanden. Großvater Friedrich knipste. Knipste und knipste, unentwegt. *Mein Gott,* rief er, *so eine schöne Frau.*

Für den Rest der Trauerfeier wirkte Großvater Friedrich fast beleidigt. *Dass sie eher sterben musste als ich, das habe ich nicht verdient,* seufzte er. *Das kann kein Mensch zweimal ertragen.* Nach der Beerdigung war Großvater Friedrich nicht mehr derselbe.

Er erschien zwar wieder bei uns am Mittagstisch, atmete und roch wie nach dem Tod von Großmutter Paula. Aber er schimpfte nicht mehr. Er sprach kaum und aß noch weniger. Großvater Friedrich war still geworden und wurde mager.

Ein halbes Jahr später begab sich Großvater Friedrich wie jeden Abend ins Bett und schloss seine Augen ein für alle Mal.

Gangway

Der Mann, der die Tür mit dem Messingschild öffnete, war unrasiert. Er trug eine fleckige Hose, einen ausgebeulten Pullover, das Haar stand elektrisiert von seinem Kopf. Das Auffälligste an ihm aber war die Brille. Ihre Gläser schienen mir dick, ich musste die Augen dahinter suchen. Ich fand sie, die Augen des Mannes blinzelten aufgeschreckt. Er bat mich herein.

Die Dielen knarrten, da half auch der Teppich nichts, der darübergelegt war, er war schäbig, abgewetzt. Der Mann schlurfte vor mir her, hier war offenbar nicht geheizt, mir war kalt, der Mann hustete. Er steuerte einen Schreibtisch an, der sich in der Mitte des Empfangsraumes befand, als wäre er dort gestrandet. Der Schreibtisch war mit einem Meer von Papieren überflutet, auf denen wiederum Kaffeebecher herumdümpelten, ich entdeckte sogar einen Aschenbecher. *Was schauen Sie,* sagte der Mann, der sich zu mir umgedreht hatte, *nun geben Sie mir schon Ihre Karte.* Ich zögerte, sah an ihm vorbei auf die leeren Stühle, die sich an einem Ende des Raumes entlang der nackten, kalkweißen Wand reihten wie Gespenster. *Ja, bin ich hier richtig,* zweifelte ich. *Bei mir kommt jeder gleich dran,* antwortete der Mann, wie zum Beweis ging er zu einem Haken, an dem ein Kittel hing, nahm ihn ab und streifte ihn über. *Wir können,* bat er und zeigte zum Behandlungszimmer.

Ich nahm im Behandlungsstuhl Platz. *Worum geht es denn,* fragte der Mann, den ich jetzt Arzt nennen werde. *Ich habe Druck hinter den Augen,* erklärte ich, woraufhin der Arzt mit den Untersuchungen begann. Er vermaß meine Augen, verpasste ihnen Luftstöße, leuchtete den Augenhintergrund aus, verabreichte Tropfen, ließ mich durch eine Apparatur blicken, in der ich mir wie ein Taucher der ersten Stunde vorkam, hieß mich Buchstaben und Zahlen erkennen, sagte *Ah* und *Oh*, schließlich *Aha. Willkommen im Klub,* meinte der Arzt, setzte seine Brille ab, begann sie bedächtig zu putzen und sah mich mit seinen wasserblauen Augen für einen kurzen Moment direkt an. *Sie brauchen Augentropfen und eine Brille.* Ich erwiderte *keine Brille. Doch,* beharrte der Arzt, *sonst leiden Sie eines Tages an Schwindel, Kopf- und sogar Rückenschmerzen. Und für den Fall, dass Sie eitel sind, auch Falten kommen davon.*

Der Arzt stellte mir ein Rezept aus und begleitete mich zur Tür. Auf dem abgenutzten Teppich blieb ich stehen. *Sind Sie allein hier,* fragte ich. *Der Wind kann sich drehen,* meinte er und öffnete die Tür, *es war nicht immer so.* Draußen war es nicht viel kälter, als in der Praxis.

Gemeinsam mit einer Freundin suchte ich die Brille aus. Wir entschieden uns für ein schmales, eckiges Modell, das mir ein strenges Aussehen verlieh. *Wie eine Lehrerin,* fand mein Freund und wollte mich nackt, mit Brille. Außerhalb des Bettes aber schwankte ich durch die Gegend und fühlte mich seekrank. Ich konnte die Entfernungen und Abstände der Dinge zueinander und der Dinge zu mir nicht mehr richtig einschätzen. Außerdem besaß die Welt eine unangenehme Schärfe. Während sie vorher weich konturiert gewesen war, stand jetzt alles auf Messers Schneide. Der neue Blick tat mir weh.

Ich rief den Arzt an, um einen Termin zu vereinbaren, er nahm sofort ab. *Kommen Sie jetzt,* schlug er vor. Er hatte eine Zigarette im Mund, als er die Tür öffnete. *Na bitte, geht doch,* begrüßte er mich, zeigte auf meine Brille, trat beiseite und ließ mich herein. Ich ging über den Teppich, der nicht nur farblos war, sondern auch schmutzig wirkte. In der Praxis roch es. Ich gab dem Arzt meine Karte. Er nahm sie, drückte seine Zigarette im Aschenbecher auf dem Schreibtisch aus und öffnete ein Fenster. Staubflocken wirbelten auf, sie trieben durchs Zimmer, der Arzt stand am Fenster und sah hinaus. Ich konnte die Rippen sehen, die sich durch seinen engen Pullover abzeichneten, und dachte an eine Fischgräte. *Dass der November so dunkel sein muss,* sagte der Arzt. *Und kalt,* ergänzte ich, er schloss das Fenster. Ich fragte, *haben Sie eine Toilette.*

Auf der Toilette lagen ein Handrasierer, Zahnbürste, Zahnpasta und eine Zeitung. Das Handtuch war in das Waschbecken geworfen. Ich betrachtete mein Brillengesicht im Spiegel, ließ warmes Wasser über die Hände laufen, dann erst begab ich mich zum Behandlungsraum. Am Haken davor hing ein Hemd, sein Kittel war verschwunden, der Arzt trug ihn nicht. Er kontrollierte den Augeninnendruck, nickte und reichte mir ein Rezept. *Und jetzt gehen Sie wieder,* sagte der Arzt, es war eigentlich mehr eine Frage. Sie schwebte einen Moment lang im Raum, bevor ich bejahte. Der Arzt geleitete mich zur Tür, er sagte nichts mehr, alles war still, nur das Blut rauschte in meinen Ohren. Und die Dielen knarrten leise, wie Schiffsplanken es manchmal tun.

Ich rief ihn erneut an, bat, *ich brauche noch einmal Augentropfen. Ich verschreibe sie Ihnen,* versprach er, *holen Sie das Rezept ab, wann immer Sie möchten.* Ein paar Stunden später klingelte es an meiner Tür. Ich betätigte die Sprechanlage, draußen goss es, seine Stimme wurde vom Prasseln des Regens begleitet. *Das Rezept,* rief er, *ich bringe es.* Ich drückte den Summer.

Ich stand in der Tür, er kam die Treppe herauf. Sein Haar war tropfnass, die Schuhe, der Mantel, seine Hose. Er schnappte nach Luft wie ein Fisch auf dem Trockenen, griff in die Manteltasche, holte das Rezept heraus, ein feuchter Lappen. Ich nahm es, mir war kalt, ich fröstelte, sagte *Danke, Danke sehr,* ich bat ihn nicht herein.

Er schüttelte seinen nassen Kopf, ungläubig, unwillig, ein paar Tropfen trafen meine Brille. Dann drehte er sich um.

Ich sah ihm nach, wie sein Rücken die Treppe runterstieg, wie sich seine Schritte die Treppe hinunter verloren, als schritte er eine Gangway entlang.

Riss in der Zeit

Herr Kräss sitzt neben mir, auf der Rückbank, in unserem Auto. Er wagt es selbst jetzt noch, meiner Mutter in den Nacken zu starren. Herr Kräss atmet schwer. Er riecht nach Schweiß. Er ist unrasiert, schlecht gelaunt. Und er trägt wieder, als wäre er trotzig, ein kleines Kind, eines von diesen kurzärmeligen, gewürfelten Hemden, mit denen er sich schon die ganzen Tage beflaggt, dass es zum Himmel schreit.

Das karierte Kleid von Mutter gab seinerzeit den Ausschlag. Schon vor ihrem Auftritt hatte Herr Kräss es nicht lassen können, die Karos zogen ihn magisch an. Und dann erst der breite Gürtel, der das Kleid zusammenhielt und Mutters schmale Taille betonte. Herr Kräss steckte seinen Finger darunter *um mal zu fühlen aus welchem Material der ist*, wie er betonte, so kam er den Karos gleich näher. *Gummi*, erkannte er und ließ den Gürtel schnippen, Mutter entwischte Herrn Kräss, floh auf die Bühne. Sie spielte eine Beethoven-Sonate, auch das noch. Sie spielte sie schlecht, doch das half nichts, sie hatte das richtige Stück gewählt. An der Kirchenmusikschule war Herr Kräss der Spezialist in Sachen Beethoven. Er suchte sich seine Schüler aus, in der Regel waren es Schülerinnen. Mutter bestand die Prüfung.

Vielleicht sollte ich sie nicht länger Mutter nennen. Sie war damals jung, so jung, wie ich, die ich jetzt neben Herrn Kräss sitze. Sechzehn Jahre jung, als Herr Kräss *Karo* zu ihr sagte, *Karo, so werde ich dich nennen. Ich heiße Christa,* widersprach sie. *Christa wie die Christblumen,* fantasierte Herr Kräss und hob auch gleich an, Möricke zu zitieren*, Tochter des Waldes, du Lilienverwandte, nein*, unterbrach ihn Christa, *dann doch lieber Karo*.

Herr Kräss erschien als ein Mann mit kräftigen Händen und noch kräftigerem Anschlag, der der Büste, die auf seinem Flügel stand, durchaus ähnelte. Das wirre Haar, der rasende Blick, die zusammengekniffenen Lippen... Herr Kräss machte Beethoven nicht nur äußerlich die Ehre. Während des Klavierunterrichts blieb er nicht sitzen, sprang vielmehr auf, lief durch den Raum, gestikulierte heftig, sang laut die Melodien mit, klatschte energisch den Rhythmus, rief *nein, ja, langsamer, Tempo Tempo, piano, forte, fortissimo...* und *mehr Leidenschaft, wenn ich bitten darf. Sentimentalität ist wahrscheinlich auch eine Art von Musikalität*, sagte er am Ende der ersten Übungsstunde zu Christa, die daraufhin ihre Hände in den Schoß sinken ließ. *Wir fangen von vorne an*, beschloss ihr neuer Lehrer, *wir müssen erst eine Grundlage erarbeiten. Tonleitern und Fingerübungen, ein halbes Jahr, dann sehen wir weiter*. Herr Kräss tätschelte Christas Knie. *Du brauchst dir keine Sorgen zu machen, Karo. Du darfst in Ruhe älter werden, wir haben Zeit*.

Im Anfang war es gar nicht einfach, diese Zeit durchzustehen. Herr Kräss war in erster Linie cholerisch. Christa hatte auch mit Tennisstunden begonnen, man schlug die Bälle damals noch mit steifem Handgelenk, sie übertrug das aufs Klavierspiel. Herr Kräss merkte es sofort, *nun mach dich doch locker, was ist denn los*, rief er. Christa erzählte von dem Training. Auf der Stelle sprang Herr Kräss auf, brüllte, *raus, raus aus meinem Unterrichtsraum*.

Für Christa war es keine Frage, den Sport aufzugeben, der Klavierunterricht war für sie das Wichtigste. Nicht nur, weil sie an der Kirchenmusikschule studierte, nein, es ging ihr um den Unterricht bei Herrn Kräss.

Sie hatten etwas Rauschhaftes, diese Stunden. Während draußen der Winter fröstelte, der Frühling sich überblühte, der Sommer schwitzte, der Herbst sich entblätterte, einerlei, hier drinnen ging es immer um Gefühle, die in die Tasten sollten, dafür war Herr Kräss bekannt. Er flüsterte, säuselte, wetterte, tobte, toste, weinte, stöhnte, seufzte... alles auf dem und durch das Klavier. Und Christa tat es ihm nach. Wie sollte sie da nicht ins Schwärmen geraten, mit der Zeit.

Und das, obwohl Christa schon mit meinem Vater befreundet war. Vater holte sie von den Klavierstunden nicht mehr ab. An jedem anderen Tag, nur nicht an diesen. Ihm war das zu viel mit der ewigen Schwärmerei, erst am nächsten Tag hatte sich das bei Christa gegeben, dann wurde sie langsam wieder normal.

Christa wusste gar nicht, wann es ihr auffiel, dass ihr Lehrer nach Alkohol roch. Der Geruch wurde stärker. Manchmal wollte Herr Kräss gleich nach dem Unterricht ein Glas Wein mit ihr trinken. *Karo*, lockte er, *komm. Du bist jetzt alt genug.* Christa schob seine Hand von ihrem Knie und widerstand dem Alkohol. Mit brüchiger Stimme sagte sie *nein. Sie sind verheiratet, und ich werde mich verloben.* Herr Kräss meinte, *das macht doch nichts. Ich habe so viele Frauen nebenher gehabt, du glaubst nicht, wie viele. Mich nicht*, beschloss Christa, *so nicht*.

Im Laufe der Jahre verließ Christa die Kirchenmusikschule. Die Stunden bei Herrn Kräss aber behielt sie privat bei. Auch wenn ich ihn nie zu Gesicht bekam, so wuchs ich damit auf, dass Mutter einmal im Monat Unterricht nahm, obwohl sie doch selbst Klavierlehrerin war. Und ich wuchs damit auf, dass Vater dann eine leise Unruhe befiel. Mutter kam begeistert aus den Stunden wieder. *Die Musik*, verkündete sie mit geröteten Wangen, *das macht die Musik.*

Herrn Kräss allerdings blieb nicht mal die Musik, als seine Frau starb. *Ich fühle mich einsam*, bekannte er, *mit einem Mal leer.* Er stand mit Zuckerwatte und einem Liebesapfel in der Hand vor unserer Haustür, sie waren für Mutter. Sie führte ihn auf die Terrasse, wo Vater ihm ein Glas Wein einschenkte, obwohl er selbst nicht trank. Herr Kräss stürzte es herunter. *Weißt du eigentlich, Karo*, begann er, *dass ich Konzertpianist war. Ich habe mit den besten Dirigenten gespielt. Ich spielte auswendig. Plötzlich gab es einen Riss in der Zeit. Ich saß auf der Bühne, mir fiel nichts ein. Ich konnte mich an nichts mehr erinnern, an keine Note. Alles war wie weggefegt aus meinem Gehirn. Da kam kein Ton mehr. Ich konnte nur aufstehen und den Saal verlassen. So ähnlich fühle ich mich jetzt.* Vater schenkte ihm nach. Herr Kräss beachtete ihn nicht weiter. *Aber eine*

Reise würde ich wohl noch machen wollen, Karo, nach Rom. Dazu bin ich nie gekommen. Ich möchte die Pietà, die Sixtinische Kapelle, den Petersdom sehen. Alle diese Werke wurden ja für die Ewigkeit geschaffen.

So kommt es, dass Herr Kräss neben mir im Auto sitzt. Seine karierten Hemden sind der helle Wahnsinn. Dieses Frühjahr ist anders, sogar auf Sizilien hat es geschneit. Nur Herr Kräss hat das hartnäckig ignoriert, zur Strafe plagt ihn die Grippe. Er schnieft und schnauft vor sich hin und wendet sich nach wie vor nur an Mutter. Es ist ihm völlig egal, wer wir sind. Vater und ich existieren in seinen Augen nicht. Wenn Mutter zustimmen würde, wäre Herr Kräss mit ihr auf und davon. Dabei hat Herr Kräss sowieso nichts mehr zu erwarten, er ist alt wie sein Beethoven. Er kann nur sein Inneres hören.

Karo, sagt Herr Kräss jetzt endlich, *so nicht. Ich habe Fieber, ich muss nach Hause*. Vater bringt ihn zum Bahnhof.

Wir haben Herrn Kräss nie wieder gesehen.

Mann aus den Straßen

Ich fühlte mich nicht gut. Eine unglückliche Liebe trieb mich durch die Stadt, machte mich zum Schwemmgut der Straßen, Gassen, Cafés und Kneipen. Ich wurde auch in Kirchenschiffen angespült, ließ mich auf einer der Bänke nieder, legte den Kopf zurück, faltete die Hände und hoffte, dass etwas in meinem Leben geschehen würde. Irgendetwas sollte passieren. Etwas anderes.

Er hockte auf dem Boden, in einer Ecke neben dem Supermarkt und fragte nach Geld. Seine Kleidung war ranzig, sein Haar fettig, seine Fingernägel starrten vor Dreck und doch hielt sich der Grad seiner Verwahrlosung in Grenzen. Er war noch nicht so schmutzig wie andere, die ich gesehen hatte, die obdachlos waren, aber das würde kommen, mit der Zeit. *Gehen wir einen Kaffee trinken,* schlug ich vor, *ein Eis essen oder so.* Der Mann aus den Straßen sah mich ungläubig an, erhob sich zögernd. Er griff nach der abgewetzten Reisetasche, die neben ihm stand, in der sich offensichtlich alles Mögliche befand, sagte *mein Hab und Gut.* Er hatte eine gepflegte Aussprache.

Und eine Fahne, er ging leicht gebeugt neben mir her, schien mir aber relativ nüchtern. Sein Alter war bei seinem verwilderten Äußeren schwer zu schätzen. Seine eher schuppige

Haut erinnerte mich an die eines Reptils, der Mann aus den Straßen war vor der Zeit gealtert. Einen Moment lang stellte ich mir vor, er wäre einer Höhle entsprungen. Er käme aus der Steinzeit.

Ich wusste nicht, was ich sagen sollte, fragte, *wie geht es Ihnen.* Er antwortete *gut,* sonst sagte er nichts, einfach nur *gut.*

Ich wählte ein Lokal, dessen Fenster bis zum Boden reichten und offen standen wie Türen. Ich wusste, dort würde ich ihn weniger riechen. Der Mann aus den Straßen stank gegen den Wind. Wir setzten uns einander gegenüber, es wurde draußen schon kühler, die Sonne blinzelte noch einmal um die Ecke, der Abend kündigte sich an. *Eine Suppe wäre mir lieber,* verlangte der Mann aus den Straßen *und ein Bier.*

Ich bestellte und blickte auf die Straße, wo die Stadt an den Fenstern vorüberzog, vor allem Passanten, allesamt flüchtige Erscheinungen, schon fiel mir der Mann ein, um dessentwillen ich dies alles hier tat. Der Mann, der mich dafür verabscheut hätte. *Du hast den falschen Umgang,* erklärte er oft.

Aber Ihnen geht es nicht gut, mutmaßte der Mann aus den Straßen, während er die Suppe löffelte. Ich sah ihn überrascht an. Er aß mit einer gewissen Gier. *Noch ein Bier,* bat er, *wenn 's recht ist,* wischte sich mit der Hand über den Mund und musterte mich.

Saubermann. Die Hemden gebügelt, die Socken sortiert. Der Mann, um dessentwillen ich das alles hier tat, hasste es, wenn ich barfuß herumlief. *Das gehört sich nicht,* meinte er, *in deinem Alter. Du bist doch kein Kind.* Er mochte nicht, wie ich mich anzog, mein Saubermann, auch meine Haare waren nicht richtig geschnitten. In seinen Augen war ich für ein normales Leben sowieso nicht geeignet, was immer das sein sollte, normal, für ihn sah ich nicht so aus. Ich kaute ja auch an den Fingernägeln.

Es war bei mir mal anders, berichtete der Mann aus den Straßen jetzt. *Ich hatte Arbeit. Eine Frau. Ich habe wenigstens keine Kinder zurückgelassen, als ich ging. Was ist das nur für ein Leben,* seufzte er. *Wer weiß schon, was kommt. Wer kann das wissen.*

Seien Sie nicht traurig, bat er und langte über den Tisch, griff mit seiner schmutzigen Hand nach meiner. *Wissen Sie, wo Sie schlafen,* wollte ich wissen. *Es ist Sommer,* sagte der Mann aus den Straßen. *Übernachten Sie bei mir,* bot ich ihm an. Wir kauften noch Bier am Kiosk.

Er stellte seine Reisetasche neben die Matratze, auf die er sich warf. *Ich bin müde,* gähnte er und schlief augenblicklich ein.

Er schnarchte, mein Zimmer roch nach Müllkippe. Ich öffnete ein Fenster, setzte mich auf die Fensterbank, rauchte eine Zigarette und sah in das lichtvolle Dunkel der Stadt. Ich wusste, ich würde kein Auge zutun, was nicht an dem Mann aus den Straßen lag, sondern an dem Mann, der am anderen Ende der Stadt wohnte und wahrscheinlich auch schon in den Federn lag. Gebettet auf einem weißen Laken.

Er versteckte einen Teddy unter seinem Kopfkissen, den hatte ich dort entdeckt. *Hast du Kinder,* fragte ich ihn. Der Mann mit dem Teddy schüttelte entschieden den Kopf. Ich lachte. *Und ich darf kein Kind sein,* lästerte ich.

Am Morgen holte ich Brötchen, der Mann aus den Straßen sagte *schön. Schön, Lady, so ein gedeckter Tisch.* Mit dem Mann, um dessentwillen ich die Nacht über nicht schlafen konnte, hatte ich nie gefrühstückt. Nach einer gemeinsam verbrachten Nacht war ich ihm fremd. Er konnte sich gar nicht schnell genug von mir trennen. *Es tut mir leid Lady,* sagte der Mann aus den Straßen, *aber ich hätte gern nur ein Bier.* Er trank es in Ruhe und nahm sich dann doch etwas zu essen, bevor er nach seiner Reisetasche griff.

Es wurde Herbst. Ich machte mit dem Mann, der auch dieses Mal nicht mit mir frühstücken würde, einen Abendspaziergang durch den Stadtpark. Das Laub unter unseren Sohlen knisterte. Wir stritten uns lautstark, als der Mann aus den Straßen aus einem Gebüsch hervortrat. *Na so was,* begrüßte ich ihn. *Lady, Lady,* begrüßte er mich. Der Mann an meiner Seite wich zurück.

Lady, Lady, sagte der Mann aus den Straßen, *nicht jeder ist der Richtige. Richtig für dich. Nicht jeder ist gut, gut genug für dich. Nicht jeder,* wiederholte er und zeigte mit dem Finger auf den Mann, der mich nicht liebte.

Letzter Gruß

Es war nicht ungefährlich zu Martha zu gehen.

Die Bäume warfen ihre Schatten entlang dem Weg, der Kies unter meinen Sohlen knirschte, die Tür zur Praxis öffnete sich mit einem Seufzer, es roch nach Chlorphenol-Kampfer-Menthol, und wer nach langem Warten endlich an die Reihe kam, musste vorbei an Gebissen oder waren das Abdrücke, die sich bei Martha überall, selbst auf den Fensterbänken sammelten. Wenn Mutter dabei war, kam es auf sie an.

Während ich im Behandlungsstuhl Platz nahm, trank sie mit Martha Kaffee, Martha fragte. Nach den Großeltern, Tanten und Onkel, meinem Vater, nach mir und nicht zuletzt nach Mutter, ja, Martha wollte alles wissen, was meine Familie betraf. Sie konnte sich an alles erinnern, was meine Mutter zu anderer Zeit erzählt hatte, knüpfte Verbindungen, griff Fäden auf. Martha war eine gute Zuhörerin und das nicht nur bei Mutter. Über Gespräche nahm sie am Leben ihrer Patienten teil, wie kaum ein anderer.

Schließlich stellte sie ihre Kaffetasse ab und wandte sich mir zu. Ich sperrte den Mund auf wie ein Vogeljunges, während Mutter weiterredete, was gut war, es hielt Martha wach. Sie durfte ihr nur nichts Trauriges mitteilen, dann beschlugen Marthas Brillengläser. Und Tränen tropften plötzlich von oben herab, ein kleiner Regen. Manchmal auch eine kleine Flut.

Martha, setz deinen Bohrer ab, du siehst nichts mehr, warnte Mutter. Martha gehorchte.

Sie hat ein zu weiches Herz, kommentierte Mutter auf dem Weg nach Hause. Ich sagte nichts, mein Mund war betäubt. Ich dachte an Martha. An ihre weiße Haut, die sich beim Bohren wie Pergamentpapier über ihren Wangenknochen spannte. An ihre rauen Hände, die immer wie aufgerissen wirkten. An ihre kaffeebohnenbraunen Augen, die angestrengt hinter den Brillengläsern knibbelten. Und daran, dass ich beim nächsten Termin mit ihr allein sein würde, weil Mutter keine Zeit hatte mitzukommen.

Martha roch nach Kaffee, als sie sich über mich beugte. Ich fragte mich, wie viele Kannen sie wohl täglich trank. *Drei bis vier Stunden Schlaf, mehr brauche ich nicht,* hatte sie einmal gegenüber Mutter verlauten lassen. Um zwölf Uhr in der Nacht war ihre Praxis oft noch hell erleuchtet und spätestes wieder um sechs Uhr in der Früh. Auch am Samstag, gelegentlich am Sonntag wurden Patienten einbestellt. Martha verließ die Praxis so gut wie nie.

Sie gähnte. Ich konnte nicht sprechen. Mein Mund stand sperrangelweit offen, Martha pulte in meinen Zähnen herum und zückte den Bohrer. Sie sah so müde aus, dass ich sie am liebsten aufgefordert hätte, noch mehr Kaffee zu trinken oder das Fenster zu öffnen und Kniebeugen zu machen, Martha war dafür bekannt, bei der Arbeit schon mal einzuschlafen. Deshalb hielt ich meinen Körper in Alarmbereitschaft, hatte nicht nur den Mund, sondern auch meine Augen aufgerissen, beobachtete Martha ganz genau. Bevor sie wegsackte, flackerten ihre Augen hinter der Brille wie eine Kerze kurz vorm Erlöschen, daran konnte ich es erkennen. Und verhindern, indem ich ihren Arm fasste. Mit den Worten *ach du liebes bisschen* schreckte Martha hoch.

Wenn Marlene Dietrich ‚ich kann halt lieben nur' singt, dann müsste es für Martha ‚ich kann halt arbeiten nur' heißen, bekräftigte Mutter, als ich vom Zahnarzt zurückkam. Ich ahnte, dass Marthas Arbeit auch etwas mit Liebe zu tun hatte. Noch bevor die Herzen in Umlauf kamen.

Sie tauchten erst auf einer Beerdigung auf, dann auf der nächsten und fielen zunächst nicht weiter auf, so sehr glichen sie den anderen. Die Herzen bestanden aus weißen Rosen. Auf einer weißen Schärpe stand in goldener Schrift, was auf solchen Trauerschleifen eben so steht, *In stiller Trauer. In tiefer Verbundenheit.* Nur dass Marthas Name dahinter vermerkt war, gab zu denken. Zumal auf manchen Schleifen auch einfach nur *In Liebe* stand. *In Liebe, Martha.*

Ob der Verstorbene zu Marthas Patienten gehört hatte oder nicht, ob Martha von seinem Tod in der Praxis erfahren oder in der Zeitung gelesen hatte, bald bestückte sie jede Beerdigung mit einem ihrer Herzen, fast jede. Auf den Beerdigungen selbst erschien sie nie. Martha weinte in ihrer Praxis. Vielleicht ging Martha damit zu weit.

Vielleicht lag es aber auch daran, dass ein neuer Zahnarzt in unser Dorf zog, dass Marthas Praxis sich nach und nach leerte. Der Neue war ein Mann. Er hatte Familie. Beim Neuen ging es zügig voran. *Wer hat denn das verbrochen,* fragte er, als ich den Mund das erste Mal bei ihm öffnete, die Zähne dermaßen ausgebohrt. *Ausgehöhlt wie ein Grab,* fuhr er fort, *deine Zähne sind mit Amalgam gefüllte Trauerränder.*

Meine Eltern zogen ihn erst in Betracht, als Martha keine Rechnungen mehr schickte. *Ach wozu,* wehrte sie ab, *ich habe alles, was ich brauche. Kommt vorbei, erzählt mir etwas und bringt ein Päckchen Kaffee mit. Aber Martha,* widersprach Mutter, *bitte, ich möchte zahlen.* Doch Martha schüttelte den Kopf und meine Eltern konnten das nicht annehmen, sahen sich gezwungen, den Zahnarzt zu wechseln.

So kam es, dass wir Martha erst Jahre später am Grab meiner Tante wieder begegneten. Ich hatte den Weg durch die Felder genommen. Die Eisenpforte ächzte, als ich sie öffnete. Eine kleine Allee von Bäumen führte zur Kirche und zur Kapelle und geleitete den Trauerzug wieder heraus, da sah ich das helle Rosenherz. Auf weißer Schärpe stand in goldener Schrift *Ein letzter Gruß, Martha.*

Ich erschrak. Auch Mutter und Vater sahen sich betroffen an. *Ja, lebt sie noch,* sagte Vater.

Ein Nachmittag mit Opa Dröge

Wie alle Bewohner des Städtchens, in dem ich lebte, nannte ich Herrn Dröge *Opa Dröge.* Opa Dröge war schon immer und immer schon da. In seiner Schreinerei, die er seit dem Tod seiner Frau nicht verlassen hatte, von morgens bis abends bei der Arbeit, oder aber in dem kleinen Raum, der an die Werkstatt angrenzte. Hier gab es Toilette und Waschbecken, ein Bett, einen Herd, zahlreiche Konservenbüchsen, Pulverkaffee und H-Milch. Die Lehrlinge brachten alle Lebensmittel mit, die Opa Dröge wünschte, sie wogen nicht schwer. Opa Dröge aß wie ein Spatz und trank wie ein Vögelchen.

Ich kam mit dem Bulli, parkte auf dem Hof vor der Werkstatt, klopfte nur der Form halber an die Tür. Opa Dröge konnte schon lange nicht mehr gut hören. Seine Schreinerei stand jedem jederzeit offen, ich trat ein.

Es war Sonntag, die Maschinen schwiegen. Wie von der Zeit vergessen, lag das Innere der Werkstatt unter einer dichten Schicht aus Staub. Sie verlieh den Dingen im Raum ein gepudertes Aussehen, glich sie einander an. Ich erschrak, als ein Turm aus Staub sich zu mir umdrehte. Opa Dröge schlurfte mir in seinen Holzpantinen entgegen.

Er reichte mir seine Hand, die knorrig war. Welk. Ledrig. Rau. Wie borkige Rinde. *Opa Dröge,* sagte ich, *kommen Sie* und zog ihn an der Hand zur Tür. *Nach draußen,* wehrte sich Opa Dröge, *wozu.* Ich zeigte auf mein Auto. *Wir fahren zu mir,* bestimmte ich. *Ich möchte mich für den Tisch, den Sie gefertigt haben, bedanken. Die Kaffeetafel ist gedeckt.*

Opa Dröge stand im Türrahmen seiner Werkstatt, blinzelte. Er hielt sich zum Schutz gegen die Sonne eine Hand vor die Augen, sagte *aber. Aber,* unterbrach ich ihn, *Opa Dröge, ich wohne am Wald.* Dröge sah mich an. *Am Wald also,* nickte er und trat ins Freie.

Ich fuhr langsam. Opa Dröge saß unsicher im Auto, spähte vorsichtig nach draußen. Für ihn war es schließlich der erste Ausflug seit Jahren. *Warm,* bemerkte er nach einiger Zeit und kurbelte mutig sein Fenster herunter, ich atmete auf. Opa Dröge roch wie Stockfisch, süßlich und muffig, Opa Dröge roch wie ein ungewaschener, alter Mann.

Ich öffnete das Gartentor, der Tisch stand auf der kleinen Wiese unter den Bäumen, Opa Dröge nahm Platz. Er pickte den Kuchen, als wäre er ein Vogeljunges, als wäre er ein Küken, schlürfte seinen Kaffee Schlückchen für Schlückchen und sah in die Baumkronen, wo das Licht mit den Blättern spielte.

Ahorn, sehr zäh, Birke, elastisch, Birnbaum, empfindlich, Erle, fast weich, erklärte er verträumt. *Die Natur hat ihre eigene Poesie, an diesem Ort gibt es Buchen. Man kann sie zur Wetterprognose nutzen. Wer im November seine Axt in den Stamm einer*

Buche schlägt und die Wunde bleibt trocken, muss mit einem strengen Winter rechnen, erzählte Opa Dröge und kratzte sich ausgiebig. Ein wenig Holzstaub verteilte sich daraufhin im Garten, wir sprachen nicht mehr viel.

Den Rest des Nachmittags saß Opa Dröge still unter den Bäumen, mit ihrem Schatten verschmolzen, als gehöre er hierhin.

Ja, sagte er, als ich ihn zurückbrachte. *Ja,* sagte er am Eingang zu seiner Werkstatt.

Ich drückte zum Abschied seine Hand, die mir irgendwie weicher, glatter geworden zu sein schien, als hätte sie sich der Rinde einer Buche angenähert. Vielleicht hatte ich mich aber auch nur an Opa Dröges Hand gewöhnt.

Nichts als Rauschen

Lisbeth war an der Weser aufgewachsen. Frühmorgens radelte sie am Fluss entlang. *Wie das rauscht,* schwärmte sie, wenn sie mit geröteten Wangen auf dem Schulhof strandete, wo sie mit ihrem Klassenkamerad Hans Werner Händchen hielt. Hans Werner nickte.

Gleich nach Abschluss der Schule heirateten die beiden, nach der Trauung gingen sie miteinander ins Bett, nach dem Beischlaf legte Lisbeth die Kittelschürze an.

Ich wusste damals nicht, ob es immer dieselbe Schürze war, die sie trug, oder wie viele dieser Art sie besaß. Im und um ihr Haus sah man Lisbeth so gut wie nie ohne.

Das Haus hatte Hans Werner von seinen Großeltern geerbt. Es lag fern vom Fluss in einer Siedlung nahe den Bahngleisen. *Es ist anders,* entschuldigte sich Hans Werner und meinte das Rauschen, das Rauschen der Züge. *Das macht doch nichts,* sagte Lisbeth und strich mit nervösen Händen ihre Kittelschürze glatt. Im Haus fern vom Fluss würde es stets ordentlich sein. Die Fußböden glänzten, dass man sich spiegeln konnte, alle Gardinen waren sehr weiß. In einer Reihe schauten Geranien vom Balkon, es gab kein Unkraut im Garten.

Hans Werner war selten zu Hause, er arbeitete als Vertreter. Die ganze Woche über reiste er kreuz und quer durch Deutschland, dafür nahm er die Bahn, ging zu den Gleisen, Hans Werner hatte es ja nicht weit, setzte sich in einen der Züge und rauschte davon.

Jeden Abend, punkt sieben, rief er im Haus nahe den Bahngleisen an. Erst klingelte das Telefon in der Diele, Lisbeth nahm den Hörer ab, dann seufzte Hans Werner ihr ins Ohr, wünschte sich, er wäre bei ihr und den Kindern, Mattes und Sirka.

Nicht nur für Lisbeth waren die Wochenenden mit Hans Werner ein Fest. Nicht nur für seine Kinder, sondern auch für das Nachbarskind. Ich rannte mit Mattes und Sirka ums Haus, Hans Werner nannte uns *Rabauken*, lief hinter uns her. Er tobte durch den Garten, fing uns, kitzelte uns durch, spielte dann stundenlang Verstecken. Mit Hans Werner herumzutollen war nicht wie mit anderen Erwachsenen. Hans Werner wollte selber den Ball fangen, ihn am höchsten oder weitesten werfen, er war darin mehr wie wir.

Es war aber noch etwas an Hans Werner. Einmal sah ich, wie er die Freundin meiner Mutter über den Gartenzaun hinweg anlachte, mit seinen blitzweißen Zähnen und seinen blitzblauen Augen. Alles an ihm war in diesem Moment glänzend, funkelte geradezu, wie ein in der Sonne glitzerndes Meer, wollte etwas verheißen. Ich sah, wie die Freundin meiner Mutter ihre Augen niederschlug und hörte die Züge.

Mit den Zügen verstrichen die Jahre, Mattes, Sirka und ich wurden erwachsen. An einem Heiligabend hatte Hans Werner den Baum aufgestellt und kam noch auf ein paar Weihnachtsplätzchen zu meinen Eltern rüber. Lisbeth schob derweil die Gans in den Ofen, als das Telefon in der Diele schrillte.

Ich habe lange gewartet, teilte die Frau am anderen Ende der Leitung mit. *Aber jetzt sind deine Kinder erwachsen und meine möchten ihren Vater, Hans Werner, hier haben.*

Lisbeth legte den Hörer auf, löschte alle Lichter im Haus und legte sich auf die Couch im Wohnzimmer, auf der sonst nur Besucher übernachteten. Sie schloss die Augen und lauschte den Zügen. Wie sie ihre Spur in die Ferne zogen.

War mein Leben eine Lüge, fragte sie Hans Werner, als er vom Plätzchenessen zurückkam. *Ich hatte gedacht mit dir alt zu werden,* sagte sie noch, das waren ihre letzten Worte zu Hans Werner.

Das Haus nahe den Bahngleisen ließ sich rasch verkaufen, es war gut gepflegt. Der neue Besitzer entdeckte auf dem Dachboden einen Stapel Kittelschürzen, allesamt gebügelt, gefaltet und sorgsam übereinandergelegt.

Lisbeth zog in eine kleine Wohnung am Fluss. Sie hat sich ein Fahrrad gekauft, mit dem radelt sie häufig an den Ufern der Weser. Ihre Wangen sind dabei vom Wind gerötet wie die eines jungen Mädchens.

Das rote Cabriolet

Herr Klock war so skandalumwittert wie sein rotes Cabriolet, mit dem er ständig durch die Gegend fuhr. Häufig saß eine Frau neben ihm auf dem Beifahrersitz, jedes Mal eine andere. Sie hatte ein tiefes Dekolleté und einen üppigen Busen. Ihre blonden Haare flatterten im Wind. Das heruntergelassene Verdeck wirkte wie ein offener Hosenstall.

Meine Brüste waren klein. Mein Haar braun. Ich war mir sicher, ich hatte von Herrn Klock nichts zu befürchten. Also begann ich in der Volkshochschule, die er leitete, ein Praktikum.

Eines Tages lud mich Herr Klock zum Mittagessen ein, lenkte das rote Auto zu seinem Lieblingsrestaurant, in dem er nach Herzenslust aß. Ich starrte ihm auf die Lippen, sah seinen Mund, der sich wie ein Schleusentor der Begierde öffnete und schloss. Er zwinkerte mir über den Tellerrand zu, hatte auch beim Trinken gute Laune. Ein kleines Gläschen Wein für uns beide noch, dann ab ins Cabriolet. Ich schnipste das Verdeck herunter.

Eines Abends gab die Volkshochschule ein Fest. Ich kam zu spät, die Eingangspforten waren bereits geschlossen. Kurzerhand nahm ich den Weg durch ein offenes Fenster.

Herr Klock lachte mir entgegen, unterbrach sein Gespräch mit einer Frau, ging auf mich zu, gab mir mit den Worten *ich heiße Joachim* die Hand. Nach und nach verschwanden die meisten der Gäste, nur ich blieb auf der Tanzfläche, bewegte mich langsam zu einem Saxophon, das dumpf aus dem Lautsprecher dröhnte.

Als mich der Lichtstrahl traf, versuchte ich auszuweichen. Doch er war nicht abzuschütteln, klebte an mir, verfolgte mich, wohin ich mich auch drehte und wendete, daher tanzte ich mit ihm. Herr Klock dirigierte den Scheinwerfer. Erst als der Himmel draußen blassblau wurde, hörten wir auf.

Am Wochenende rief ich Herrn Klock an. Er hatte Besuch von einer Dame, wie er sich ausdrückte. *Sie reist aber schon morgen Mittag ab,* gab er mir zu verstehen. Der Spaziergang, zu dem wir aufbrachen, war der Auftakt zu vielen weiteren, die immer auf festen Wegen begannen, sich plötzlich querfeldein im Grünen verloren, um schließlich wie spurlos vorübergegangen zu sein. Bis wir mit dem Cabriolet einen Ausflug unternahmen.

Ich trug das braune Haar streng zurückgebunden und die kleinen Brüste versteckt unter einer altmodischen, hochgeschlossenen Bluse. Das rote Auto schnitt durch den Wind. Es parkte am Straßenrand, als wir das Haus entdeckten, das eigentlich nicht mehr vorhanden war. Es war eine Ruine. Ein steinernes Rechteck auf einer Wiese, ohne Dach, ohne Fenster, mit einer von Efeu überwachsenen Veranda. Herr Klock kämmte sich ihm entgegen, durch das kniehohe Gras.

Aber das ist es doch, sagte er und betrat das Haus durch ein Loch in der Mauer, ich folgte ihm auf den Fersen. *Hier ein Klavier. Dort eine Leseecke. Da die Badewanne und da drüben die Küche,* Herrn Klocks Worte hallten in meinem Kopf, wie in einem leeren Raum.

Und dann machte er diese weitumspannende Geste, die das Haus, das Land, die Erde, den Himmel, das ganze Universum mit einschloss und rief *können wir alles haben.* Ich drehte mich auf dem Absatz um, überquerte die Wiese mit hastigen Schritten, eilte dem Cabriolet entgegen, das unübersehbar rot am Straßenrand leuchtete und nahm Platz.

Zum Ende der Praktikumszeit überreichte Herr Klock mir eine Rose in der Farbe seines Cabriolets. Ich dachte an die Frauen, die in seinem Auto gesessen hatten, an mich, an das Haus, das kein Haus gewesen war, sah Herrn Klock an, nahm die Rose, ging. Ich kam auch nicht zu seiner Pensionierung, zu der ich zwei Jahre später eine Einladung erhielt.

Herr Klock war fünfundsechzig Jahre alt. Das rote Cabriolet fährt er heute noch.

Am Rand des Gartens

Meine Großeltern hatten eine Pudelzucht. Hoch oben, am Rand des Gartens, der wie ein Teppich zu Füßen ihres Hauses lag, gleich unter dem großen Kirschbaum duckte sich ein Verschlag, in dem alles jaulte und kläffte. Er war aus Brettern zusammengezimmert, sein Boden bestand aus Beton, durch Gitter getrennt reihten sich Hundekäfige aneinander.

Ich ging nicht gerne hoch. Wenn man die Tür zum Verschlag öffnete, roch es. Die Hunde verrichteten ihr großes und kleines Geschäft, wie Großvater Walter es nannte, in ihren Zellen. Das Geschäft stank zum Himmel, auch wenn Großvater Walter mehrmals in der Woche reinigte. Egal wie heiß es war, dann schritt er in Gummistiefeln, mit Handschuhen, Schaufel, Eimer und Schlauch bewaffnet, zum Ende des Gartens, der ganze Stall tobte, während Großvater Walter mit beherrschter Stimme *Pfui, Aus* und *Ruhe* rief.

Nur wenn es Welpen gab, wollte ich in den Verschlag. Die Hündin, die geworfen hatte, kam in einen speziellen Käfig, über dem eine Infrarotlampe leuchtete. Im warmen Licht spielte ich mit den neu geborenen Fellknäulen. Mit ihren winzigen, zahnlosen, weichen Schnauzen saugten sie an meinen Fingern, dass es kitzelte. Ich wollte sie mit ins Haus nehmen. *Sie müssen bei ihrer Mutter bleiben,* sagten die Großeltern. *Aber wenn sie größer sind vielleicht,* fragte ich. Großmutter Luise schüttelte entschieden den Kopf. *Die brauchen nicht raus, das sind Zuchttiere,* meinte sie. Dabei hatte sie selbst einen Pudel, der in ihrem Haus lebte. Er kam sogar zu ihr ins Bett. *Das ist etwas anderes,* behauptete Großmutter Luise, *das ist mein Liebling.* Der Liebling war weiblich und hieß Suleika. Nur Suleika durfte ich ausführen.

Auf einem unserer Spaziergänge band ich sie los, fand, *wenn du schon draußen bist, brauchst du keine Leine.* Suleika lief brav bei Fuß, bis der Wind ihr ins Fell fuhr. Er sträubte ihre Haare, ich konnte es sehen. Mit einem Mal war sie nicht mehr Großmutter Luises Liebling, sondern ein Tier, das ich nicht kannte. Sie stand ruhig, hob den Kopf, witterte. Der nächste Windstoß trieb sie davon. Sie wurde rasch zu einem kleinen Punkt in der Ferne, der verschwand. Zurück blieben ein vom Wind verwehter Landstrich und ich.

Großmutter Luise war außer sich, als ich ihr vom Verschwinden ihres Lieblings berichtete, Großvater Walter war nicht da. Gemeinsam mit mir machte sie sich sofort auf die Suche. Wir durchstreiften die Gegend und riefen nach dem Hund. *Suleika* schallte es über die Felder, durch die Wälder, die Straßen entlang. *Suleika.* Darüber wurde es dunkel. Als wir nach Hause gingen, konnten wir schon von Weitem hören, wie der Zwinger lärmte. Ihm gegenüber bellte Suleika nach besten Kräften zurück. Von nun an war es mir untersagt, sie spazieren zu führen.

Aber ich fuhr mit zum Wettbewerb, zur Pudelshow, wie die Großeltern ihn nannten. Der Rüde, der mitkommen sollte, wurde ins Haus geholt. Erst kam er in die Badewanne, wurde gewaschen, geschnitten, geföhnt und toupiert, Großmutter Luise verstand sich auf solche Sachen. Sie legte ihm ein schönes Hundehalsband an und machte sich dann selbst zurecht. Auch ich wurde unter die Dusche geschickt, während Großvater Walter sich am Waschbecken rasierte. Plötzlich griff er in seinen Mund und nahm die Zähne heraus, erst die obere, dann die untere Zahnreihe. Ich schrie auf. Großvater Walter lachte mich an. *Er ist zahnlos,* dachte ich, *wie ein Welpe,* nur, dass Großvater Walter unendlich alt aussah. Seine Wangen waren eingefallen. Vollkommen hohl. Und er konnte jetzt offensichtlich auch nicht mehr richtig sprechen. *Hast du das noch nie gesehen,* nuschelte er. *Das ist ein Gebiss, ich kann es nicht anders reinigen.*

Mit blitzenden Zähnen, frisch duftend, in ausgesuchter Kleidung, stiegen wir ins Auto. Der Pudel saß in einem Hundekörbchen neben mir, auf der Rückbank. Großmutter Luise hatte die gleiche Frisur wie er. Auch ihr Haar war hochtoupiert, als trüge sie eine Krone.

Für mich war die Pudelshow wie ein Zirkus. In der Mitte des Gebäudes, in der sie stattfand, war eine kleine Arena. Hier führten die Hundebesitzer ihre Pudel herum, vor den Augen der Zuchtrichter. Auch Großvater Walter ging eine Runde, langsam, mit kleinen Schritten. Er sah gut aus, seine blank polierten Schuhe glänzten, der Rüde trippelte fein neben ihm her. Großvater Walter kam mir vor wie ein Dompteur, der ein seltenes Tier zur Schau stellt. Der Pudel an seiner Seite wirkte dabei genauso vertraut, wie sonst nur Großmutter Luise.

Die Großeltern gewannen den Wettbewerb. *Das ist gut für die Zucht, jetzt können wir fürs Decken mehr Geld nehmen,* erklärten sie auf der Rückfahrt, doch das interessierte mich nicht. Ich hatte nur Augen für den Pokal, auf dem ein Pudel abgebildet war. Großvater Walter stellte ihn zu den zahlreichen anderen auf die Empore im Wohnzimmer.

Wir saßen unter den Pokalen und aßen Kuchen, als Großvater Walter Großmutter Luise eines Tages fragte, *was machen wir nur mit dem Zwitter. Der taugt nichts,* antwortete Großmutter Luise, *der muss weg. Ich nehme ihn,* sagte ich sofort, obwohl ich gar nicht wusste, was ein Zwitter ist, aber ein Hund würde es wohl sein. Die Großeltern hatten nichts dagegen. Und so verließ ich ihr Haus mit einem Knäul Fell auf dem Arm.

Meine Eltern waren nicht damit einverstanden, dass ich den Pudel behielt. Wütend lief ich mit ihm auf mein Zimmer und schloss uns ein. Am nächsten Morgen schlich ich mich früh aus dem Haus und nahm den Hund mit. In der Schule wollten alle ihn sehen, *Frederike und ihr Zwitter* hieß es schnell. *Na und,* sagte ich. Aber er durfte nicht mit in den Unterricht, die Lehrer schickten mich nach Hause. Und so brachte ich das kleine Tier den Großeltern zurück. *Muss er jetzt wieder in den Zwinger,* fragte ich und korrigierte mich sofort, bat, *darf er in den Zwinger.*

Jeden Tag kam ich den Zwitter besuchen, nach einer Woche war er verschwunden. *Wo ist er,* rief ich aufgebracht, Großmutter Luise schwieg. Sie sah mich traurig an und kraulte Suleika den Kopf. *Aber er war mein Liebling,* protestierte ich. *Er hat ein neues Zuhause,* versuchte Großvater Walter mich zu beruhigen und strich mir über den Kopf. Ich glaubte ihm nicht. Großvater Walter wendete sich ab.

Er hatte die Gummistiefel schon an, nahm Handschuhe, Schaufel, Eimer und Schlauch und stapfte den Garten hoch, bis zum Rand.

Tal der Rosen

Manfred war zu dünn. Hager, mager, noch dünner als seine Mutter. Wenn die biblische Eva aus einer Rippe entstanden war, dann Manfred erst recht. Weshalb ich ihn selten bei seinem Namen nannte, ich sagte *Rippchen* zu ihm.

Manfreds Mutter wirkte in all ihrer Dürre zart. Bei ihr musste ich an eine Pusteblume denken, ich dachte, einmal heftig niesen und die ist vom Wind verweht. Wenn ich sie besuchte, machte Manfreds Mutter sich schick. Sie trug eine ihrer Spitzenblusen, dazu den eng anliegenden Rock und darunter eine Feinrippstrumpfhose. Ihr Haar hatte sie zu einem akkuraten Knoten gebunden.

Wir setzten uns in die Stube. Im Winter, weil es hier angenehm warm wurde. Im Sommer, weil es hier herrlich kühl blieb. Manfreds Mutter nahm auf ihrem Sofa Platz und ich im Sessel ihr gegenüber. Wir aßen Butterkekse, die ich mitgebracht hatte, Manfreds Mutter liebte Butterkekse. Sie tunkte die Kekse in ihren Kaffee, den wir aus schönen Tassen tranken. Manfred hatte sie auf dem Flohmarkt erstanden, eine für seine Mutter und eine für sich. *Von Rosenthal,* sagte sie stolz. Ich trank aus Manfreds Tasse.

Ich kannte Manfred als den besten Freund meines Freundes. Die beiden waren zusammen durch Afrika gereist.

Das konnte ich im Fotoalbum sehen, wie sie auf Kamelen durch die Wüste ritten, in wallenden Gewändern, zu erkennen an den Köpfen, die aus den Kaftanen herausschauten. Auf Manfreds kahlem Schädel glänzte die Sonne, bis mir auf den Bildern im Album nur noch Arnes Kopf blieb. Der von Manfred war unter einem übergroßen Turban verschwunden, die Wüste hatte ihm einen Sonnenstich verpasst. Am Ende dieser Reise jedoch flatterte aus dem Turban ein dünner Bart.

Es war wirklich nicht einfach, Manfred näher kennenzulernen, Manfred war genauso schweigsam wie dünn. Anstatt mir etwas von sich zu erzählen, nahm er mich eines Tages mit, zu seiner Mutter. *Vielleicht leistet ihr euch ein wenig Gesellschaft,* meinte Manfred und ließ uns allein. Von da an besuchte ich Manfreds Mutter des Öfteren.

Sie war von Manfreds Vater verlassen worden. Dabei hatte er Manfreds Mutter *meine kleine Meerjungfrau* genannt und ihr die Hochzeit versprochen. Sie sollte auf einem Schiff gefeiert werden, da Manfreds Vater zur See fuhr. In den Flitterwochen wollten die Frischvermählten auf Hawaii vor Anker gehen, so war es geplant. Doch Manfreds Mutter wurde vor der Trauung schwanger. Von einem Kind war nie die Rede gewesen. Manfreds Vater glaubte nicht, dass ein Kind zu seinem Leben passte. Noch weniger, als eine Frau dazu gepasst hätte. Er stahl sich davon. Über einen, mindestens zwei Ozeane. Sodass rasch Millionen, Milliarden, Billionen, Billiarden, Trillionen, Trilliarden... oder Gott weiß wie viel Liter Wasser zwischen ihn und Manfreds Mutter flossen, keine Tränen.

Der Schrei der Möwen klang heiser, an jedem Tag. Wie zart sie auch erscheinen mochte, Manfreds Mutter beklagte sich nicht. Jedenfalls nicht, dass jemand davon gehört hätte. Sie krempelte die Ärmel hoch, brachte Manfred zur Welt und sich und ihr Kind durch.

So kam es, dass niemand sich wunderte, weil Manfred noch immer bei seiner Mutter wohnte. Bei jedem anderen wäre einem das komisch vorgekommen, bei Manfred war es nur selbstverständlich. Klar, dass er jetzt, wo er erwachsen war, für seine Mutter sorgte.

Nach seinem Vater hatte Manfred nie gefragt. Jedenfalls nicht, dass jemand davon gehört hätte. Manchmal, am Meer, suchten seine Augen den Horizont ab, und Manfred wurde melancholisch. Außerdem machten ihn Häfen unruhig. Dort überfiel ihn plötzlich die Angst, dass ihm ein Unbekannter auf die Schulter tippen könnte. Ansonsten behauptete Manfred, nicht an seinen Vater zu denken. Er sah ihm ja nicht einmal ähnlich. Die Rippe, aus der Manfred entstanden war, stammte ganz offensichtlich von seiner Mutter. Kaum vorstellbar, dass da noch andere Gene in ihm stecken sollten.

Ausgerechnet auf einer Party bei Arne und mir lernte Manfred dann Annsophie kennen. Annsophie war auf den ersten Blick das Gegenteil von Manfred. Rundlich, mit kindlichen Pausbacken und einem Dickicht von Haaren auf dem Kopf. Sie wollte Manfred, das wusste sie sofort. *Vielleicht weil ich Ripperln so gerne mag,* gab sie mir gegenüber später zum Besten. Annsophie lachte Manfred an. Und

Manfred, Manfred, den man selten lächeln und noch seltener lachen sah, Manfred, der einem bei der Begrüßung und zur Verabschiedung immer ernst in die Augen blickte, als ob er fragen wollte, ob auch wirklich alles in Ordnung sei, Manfred, lachte zurück.

Manfreds Mutter öffnete die Tür zur Stube weit, sodass der frische Sommerwind durch die Wohnung strich und mit den Gardinen spielte. Sie bat Annsophie auf dem Sofa Platz zu nehmen, stellte ihre Tasse vor sie hin und schenkte ihr und Manfred ein.

Als der erste Schnee fiel, wusch und bügelte Manfreds Mutter seine Wäsche zum letzten Mal. Sie gab ihm und Annsophie eine selbstbestickte Tischdecke für deren neue Wohnung und stand am Gartentor, um zu winken, als der Umzugswagen davonrollte. Danach ging sie ins Haus und schloss die Tür zur Stube fest. Es war ja kalt, da draußen.

Arne und ich freuten uns, als wir die Einladung zur Hochzeit erhielten. Auf der Karte waren viele Fotos abgebildet, Manfred auf einer Schaukel, die seine Mutter anstößt, Annsophie mit Schultüte und Schulranzen, Annsophie neben ihrem neuen Motorroller... sogar ein Foto von Manfred auf dem Kamel war dabei, Manfred ohne Turban. Die beiden wollten in kleiner Runde feiern. Nur im engsten Familien- und Freundeskreis.

Zur Hochzeit erschien Manfreds Mutter zunächst nicht. Sie fühlte sich nicht danach, in die Kirche zu gehen. Sie war dafür zu schwach auf den Beinen. Aber sie bat die kleine Hochzeitsgesellschaft am Nachmittag zu Kaffee und Kuchen zu sich.

Der Knoten auf ihrem Kopf war verrutscht, der Reißverschluss an ihrem Rock nicht ganz geschlossen. Manfreds Mutter betrachtete die Hochzeitsgesellschaft vor ihrer Haustür verwirrt. *Mir ist nicht gut,* sagte sie zu Manfred, der sie zum Sofa in der Stube führte, wo sie sich hinlegte, wofür sie sich wieder und wieder entschuldigte. *Bitte,* wünschte sie, *beachtet mich nicht, bedient euch, bitte.*

Ich sah auf den Tisch. Dort standen die Teller, dort lagen die Gabeln. Es gab eine Menge Kuchen. Und zwei Tassen.

Wir blieben nicht lange. Am frühen Abend brachte Manfred seine Mutter zu Bett. Die Hochzeitsgesellschaft verabschiedete sich. Manfred und Annsophie beschlossen, ihre Hochzeitsnacht auf dem Sofa in der Stube zu verbringen. Als sie am nächsten Morgen die Tür zum Zimmer von Manfreds Mutter öffneten, war sie tot.

Freier Raum

Es riecht anders.

Sie hat tapeziert. Hat den Kleister nach oben geschleppt, Tapeten und Farben. *Bordeauxrot,* erklärt sie, *mochte ich schon immer* und fragt, ob ich weiß, dass die Raufaser von einem Apotheker erfunden wurde. Ich schüttele den Kopf.

Ein Sofa hast du auch gekauft, sage ich, ich erkenne das Zimmer kaum wieder. Nur die Bücher sind noch da. Und das Radio mit ausgezogener Antenne. *Du kannst hier lesen,* meint sie, *das tust du doch gern. Ich weiß nicht, ob ich das kann,* entgegne ich und schließe das Fenster. Früher war das Fenster fast immer geschlossen. Und die Tür auch.

Wenn ich Inge und Gunther in ihrem Haus an der Nordsee besuchte, rannte ich zuallererst nach oben. Die zwanzig Treppenstufen hoch zur geschlossenen Tür, klopfte laut an, öffnete sie vorsichtig. Die Luft, die mir entgegenschlug, war atemberaubend. In Gunthers Zimmer roch es wie in einer Kneipe.

Gunther saß in seinem Stuhl. Mit dem Rücken zum Fenster. *Mach bloß die Tür zu,* verlangte er, fragte, *möchtest du eine Zigarette* und rollte sie auch gleich selbst. Mit seinen von Arthrose gekrümmten Fingern.

Ich habe ihn nie suchen müssen. Gunther war da. Seit seiner Pensionierung fuhr er nicht in den Urlaub, ging kaum noch raus. Gunther tat den ganzen Tag nichts anderes, als in seinem Zimmer zu sitzen und zu lesen. Oder Radio zu hören, ausschließlich den Deutschlandfunk. Er erzählte gern von dem, was er gelesen oder gehört hatte. *Hör mal,* begann er, kaum, dass ich sein Zimmer betreten hatte, *hör mal.*

Inge mied Gunthers Raum. *Dieser Rauch,* schimpfte sie, *ich kann da nicht gegen an. Komm raus,* rief sie die Treppe hoch, *komm da raus,* sie rief es wieder und wieder. *Die Sonne scheint,* schrie sie. *Sie scheint auch in mein Zimmer,* brüllte Gunther zurück und bot mir noch eine Zigarette an.

Im letzten Jahr hat Gunther mit dem Rauchen aufgehört. Nachdem alle Untersuchungen beim Arzt abgeschlossen waren. *Siehst du,* weinte Inge, *siehst du. Hast ja recht,* bekannte Gunther.

Inge öffnete die Tür und stellte den Inhalator in sein Zimmer. Gunther ließ ihn dort stehen. Von nun an setzte er sich ins Wohnzimmer oder legte sich ins Bett. Ab und zu ging er nach draußen, wo das Taxi vor der Haustür wartete. Es fuhr ihn nach Flensburg. Ins Krankenhaus. Zur Chemotherapie. Geradeaus die alte Betonstraße entlang. Im Schatten der Bäume hin, im Schatten der Bäume zurück. *Bäume,* sagte Gunther hinter den Scheiben, *werden älter als wir.*

Als er schließlich im Krankenhaus bleiben musste, beklagte er sich nicht. Obwohl Gunther im Krankenhausbett verloren wirkte. Seine Augen hielten sich an den Wänden fest. Seine Finger an der Bettdecke. Wir brachten ihm eine Menge Bücher. Keiner von uns wusste, was er sagen sollte.

Mit seinem hoch auf dem Kissen gebetteten Kopf, dem festen Schnurrbart, der ruhigen Stirn, dem schlohweißen Haar, der wächsernen Blässe, erschien Gunther am Ende wie ein Großfürst aus einem fremden Land. Die Stille, die ihn umgab, war erhaben. So stellte ich mir einen Zaren vor.

Zaghaft berührte ich ihn. Mütterchen Russland ist kalt, durchfuhr es mich, eiskalt. Sie machte Gunther unnahbar. Jetzt war nicht mal sein Körper noch von ihm bewohnt.

Inge pflanzte gelbe Blumen auf Gunthers Grab. Leuchtend gelb, wie die Sonne. *Nun ist er an der frischen Luft,* seufzte sie, *unter dem freien Himmel.* Ich dachte, er liegt im Holzkasten und liest, der Deckel ist ein für alle Mal geschlossen. Aber das behielt ich für mich.

Nach einem halben Jahr hat Inge die Tür zu Gunthers Zimmer geöffnet. Es dauerte, bevor ich mich reinsetzen konnte. Rauchen darf man hier nicht mehr. Aber Lesen und Radio hören. Die Antenne ist ausgezogen. Also nehme ich Platz. Selbstredend mit dem Rücken zum geschlossenen Fenster. Ich stelle das Radio an, angele mir ein Buch aus dem Regal. Erschrecke, als sich die Tür plötzlich öffnet.

Inge sieht mich gegen das Licht. *Ach,* sagt sie, *ich dachte fast, es sei Gunther. Wie schön.* Und schließt die Tür wieder.

Cuba libre

Jean Luc lebt heute auf Cuba, wo er über Che und Fidel redet. Ich hoffe, er trinkt dazu Cuba libre. Vielleicht tanzt er Salsa, hält eine Frau im Arm oder besser gleich mehrere, vielleicht ist er dafür zu alt, Jean Luc, der *keine Moral* hat, wie seine Frau Julia meinte, *dem ist seine Freiheit doch wichtiger, als alles andere.* Jetzt spiegelt sich die Sonne auf seiner Glatze, der Ring in seinem Ohr glitzert.

Die Hände tief in den Manteltaschen vergraben, stiefelte er neben mir her. Obwohl es recht stürmisch war, machten wir einen Spaziergang an der Elbe. Jean Luc stemmte sich gegen den Wind, was mich unwillkürlich an Saint Malo erinnerte. Wie gut diese alte Seeräuberstadt zu Jean Luc passte. Trutzig und trotzig erhob sie sich gegenüber dem Meer, verbarg die schmalen Gassen gut geschützt in ihrem Innern. In Saint Malo mieteten Jean Luc und Julia regelmässig eine Ferienwohnung, wo ich sie auf meiner Frankreichreise besuchte. In Saint Malo hatten sie auch ihr drittes Kind gezeugt und ihrem Sohn später den Namen der Stadt und ihres Schutzheiligen gegeben, nur, dass Jean Luc und Julia das *Saint* wegließen.

Ich bin bei meiner Familie geblieben, beschwerte sich Jean Luc, *selbst Malo ist mittlerweile erwachsen.* Aber ich sah Jean Luc, wie er damals in Saint Malo am Meer gestanden hatte, wie ihn auch Julia immer sehen würde. Mit dem Blick in die Ferne.

Außerdem war ich in Paris gewesen. Ich hatte Jean Lucs Mutter kennengelernt. Ihr Zuhause war wie eine Studentenbude eingerichtet, ungeachtet der alten Möbel, irgendwie ein Provisorium. Die Bilder an den Wänden waren aus Zeitungen herausgerissen und mit Stecknadeln in der Tapete befestigt, Jean Lucs Mutter schlief lieber auf dem Boden auf einer Matratze, als in ihrem Bett, überall lagen Kleidungsstücke herum, sie trat an ein Fenster. *Gefangene,* Jean Lucs Mutter deutete auf das Gefängnis la Santé und schwenkte dann eines ihrer kleinen Stofftaschentücher in Richtung der Zellenfenster. *Alles meine Nachbarn,* erklärte sie entschieden, *ich bestehe darauf.* Irgendwo hinter den Gitterfenstern winkte eine Hand zurück. *Auch Samuel Becket war mein Nachbar,* sagte Jean Lucs Mutter noch. *Er stand im Supermarkt immer in der Schlange, genau wie ich. Warten auf Godot,* Jean Lucs Mutter sah wieder zu den Zellenfenstern und schüttelte ihren Kopf. *Wie kann man das tun, Menschen die Freiheit rauben.*

Ich bin geblieben, bis meine Mutter gestorben ist, erzählte Jean Luc. *Geblieben, als ich Suzanne kennen gelernt habe. Du weißt doch, wie ich schnarche,* grinste er mich von der Seite an, der Wind pfiff uns weiter um die Ohren. Ich kannte tatsächlich niemanden, der so laut schnarchte wie Jean Luc. Selbst in Paris hatten wir ihn durch alle geschlossenen Türen und Räume gehört. *Es hat ihr nichts ausgemacht,* lachte er, *Suzanne konnte auch neben einem laufenden Staubsauger schlafen.*

Es hatte nicht lange gehalten.

Suzanne war eine Freundin von Jean Lucs Tochter, Jean Luc fast dreimal so alt wie sie. *Nach dem Abitur ist sie auf mich zugekommen,* rechtfertigte er sich, *sie war es, nicht ich, das solltest du wissen. Und Julia,* setzte ich an, ich hatte plötzlich keine Lust mehr auf diesen Spaziergang, auf dieses Wetter. *Julia hatte nie einen Orgasmus,* bemerkte Jean Luc, *das hat sie mir zum Schluss noch gesagt. Stell dir das vor, nach all den Jahren. Ich bin so müde,* schloss er, *woher kommt nur diese Müdigkeit.*

Julia hatte Jean Luc rausgeworfen. Jean Luc war gegangen, wie er gekommen war.

Nur mit sich.

Du kannst mich besuchen, schlug er vor. *Auf Cuba,* ich nickte, windzerzaust und plötzlich genauso müde wie er.

Sieben Tage

Dann kommt die Nacht.

Die Nacht, in der Luise wie üblich aufsteht, um zur Toilette zu gehen. Dafür muss sie die Treppe hinab, das Badezimmer befindet sich in der unteren Etage. Luise lehnt es ab, einen Nachttopf zu benutzen *nur über meine Leiche*, sagt sie. Aber dieses Mal wollen ihre Beine nicht richtig, sind wie Watte, watteweich, geben auf den Stufen unter ihr nach, Luise fällt die Treppe herunter. Obwohl sie sich nur eine Prellung und blaue Flecken holt, ist nach dem Sturz für sie nichts mehr, wie es war.

Luise wacht am Morgen auf und weiß nicht, wo sie ist. Was ist das für eine Blümchentapete, wieso steht da ein Schrank, ihr Schlafzimmer kommt ihr mit einem Mal fremd vor. Und überhaupt. Welcher Tag ist heute. Welches Jahr. Luise ruft nach ihrem Vater. Erst als ihre Tochter, Christa, das Schlafzimmer betritt, besinnt sie sich.

Manchmal findet Luise sich in ihrem Haus auch tagsüber plötzlich nicht mehr zurecht, irrt herum, wie in einem Labyrinth, ändert die Richtung, steuert auf etwas Fernes zu, dreht sich um die eigene Achse. Vorsichtig drückt sie die Türklinken herunter, fragt sich, was sie dahinter erwartet. *Ach ja*, seufzt sie, *das Lesezimmer, ach ja*.

Wenn sie etwas erzählen möchte, ist es noch schlimmer. Dann fallen ihr die Namen von Menschen, die sie gut kennt, nicht mehr ein. *Das war der, na, wie heißt der noch*, versucht sie es, *na der, nun sag schon*. Und so geht das weiter. *Ich war doch, ich habe doch, na, na, wie war das noch, wann war das nochmal...* zu jedem *na* schnipst sie mit den Fingern. Irgendwann schnipst sie auch ohne das *na*, nur so, schnips, schnips, schnips, das Schnipsen wird zu einem Tick.

Im Anfang schiebt sie ihre Vergesslichkeit auf Christa. *Du machst mich ganz konfus*, behauptet sie, *ich kann mich wegen dir nicht richtig konzentrieren*. Außerdem versucht sie Christa ein *ich kann das selbst* entgegenzusetzen. Sie sagt es bei jeder Gelegenheit, *dass du bloß nicht auf die Idee kommst, mir zu helfen, ich kann das allein*.

Eines Tages jedoch gesteht sie sich ein, dass mit ihr etwas nicht stimmt. Luise ist für ihr Alter eine stattliche Frau, wirkt aber klein und verloren, als sie es Christa gegenüber zugibt, sitzt völlig versunken in ihrem Sessel und hält sich an seinen Armlehnen fest, als wären es Rettungsanker. *Was passiert nur mit mir, wo führt das hin, wie soll das enden*, klagt Luise und bittet Christa, gemeinsam mit ihr zu beten. Das hat sie neulich schon einmal allein probiert, konnte sich aber an die Worte nicht erinnern. *Ist das zu fassen*, weint sie, *jetzt nicht einmal mehr das Vaterunser*. Christa spricht die Worte vor. *Ich kann es, ich kann es noch*, ruft Luise, *Amen*.

Kurz darauf kommt Luise auf die Idee, sich ihr Frühstück für den nächsten Tag schon am Abend vorher zuzubereiten.

Stolz führt sie Christa ins Esszimmer. Christa sieht Luises gedeckte Tafel, dort liegt ein Messer, dort steht ein leerer Teller. Auf einem Tisch, den sie mit Butter bestrichen und mit Salz bestreut hat.

Luises Wangen leuchten rot, als sie zu Christa ins Auto steigt, ihre Fingernägel sind lackiert und sie hat Lippenstift aufgetragen. *Ich komme ja nicht ins Altersheim, ich mache dort lediglich Ferien*, betont sie und schlenkert gut gelaunt mit ihrer Handtasche. *Du bleibst dort nur sieben Tage*, bestätigt Christa. *Nur sieben Tage, damit ich auch einmal in den Urlaub fahren kann, wofür ich dir wirklich dankbar bin.* Luise nickt und knetet ihre Hände, als wolle sie Wäsche wringen.

Als Christa eine Woche später kommt, um sie abzuholen, sitzt Luise im Speisesaal des Altersheims und trinkt in Gesellschaft eines Herrn Kaffee. *Das ist Alfred*, stellt Luise ihn vor. *Was bin ich froh, dass Luise hier ist*, bekundet Alfred, sieht schwärmerisch zu Luise und greift nach ihrer Hand. *Etwas bleiben würde ich wohl noch*, beschließt Luise daraufhin, *vielleicht noch einmal sieben Tage.*

Und die Zeit steht still. Balanciert auf den Zehenspitzen. Hält die Spannung. Gerät nicht aus dem Gleichgewicht. Die Zeit gewährt Luise eine Schonfrist.

Doch dann flattern Luises Augen an Alfred vorbei, wie ein Schwarm Vögel. Christa fährt Luise im Rollstuhl durch den Park, Luise ist schwach auf den Beinen und nervös. Unentwegt fährt sich mit den Fingern durchs Haar, trommelt auf die Lehnen des Rollstuhls, nestelt an ihrer Kleidung, wiegt ihren Oberkörper vor und zurück. Nur der Anblick der Blumen scheint sie noch zu beruhigen.

Da Luise rasch abnimmt, kann sie im Rollstuhl bald nicht mehr sitzen, er ist zu hart. Christa versucht ihn mit Kissen auszupolstern. Wie eine Königin thront Luise von nun an im rollenden Stuhl und starrt in die Ferne, als läge dort ihr Reich.

Christa beginnt Geschichten zu erzählen, die alle von Luises Vergangenheit handeln. *Doch, doch,* nickt Luise, *das kenne ich irgendwoher, erzähl das nochmal.*

Irgendwann hört Luise nicht mehr zu. Sie betrachtet die Blumen im Park, als gehörten auch sie an den Rand ihrer Erinnerungen, und so sehr sich Christa auch bemüht, es wird immer schwieriger, Luise in ihre Welt zu folgen.

Es ist, als würde sich eine Tür nach der anderen hinter ihr schließen. Hinter jeder verschwindet Luise ein bisschen mehr. Es hat keinen Sinn anzuklopfen. Luise weiß nicht, dass da Türen sind. Sie hört auch kein Klopfen.

Schließlich will Luise auch nicht mehr nach draußen. Von Kissen gerahmt sitzt sie zusammengesunken im Bett. Was ist Luise schmal geworden, ihr Gesicht hager. Nicht mal der kleine Haarknoten, der ihren Kopf krönt, erinnert an die imposante Erscheinung, die sie einst war. Hinter halb geschlossenen Lidern huschen Luises Augen hin und her, wie kleine Gespenster.

Am Ende beginnt Luise alles zu essen, was ihr in die Finger gerät. Sie verschlingt die Blumen, die Christa ihr aus dem Park mitgebracht hat, reißt die Knöpfe von ihrer Bluse, lutscht auf ihnen herum und versucht sie zu schlucken. Zu ihrer eigenen Sicherheit wird Luise daraufhin am Bett fixiert. Christa kann das nicht sehen.

Als Luise hohes Fieber bekommt und zu husten beginnt, lässt das Altersheim den Arzt kommen. *Mit dieser Lungenentzündung*, empfiehlt er, *sollte ihre Mutter besser ins Krankenhaus*. Christa setzt sich zu Luise ans Bett, streichelt ihre Arme, kost ihre Wangen und summt eine kleine Melodie. Luise sieht sie an und sagt *Mama*. *Nein*, sagt Christa daraufhin zum Arzt, *ich denke nein*. Der Arzt hat Verständnis.

Es dauert noch einmal sieben Tage.

Sieben Tage, wie die sieben, die Luise im Altersheim bleiben wollte, bevor sie es sich anders überlegt hat. Sieben Tage, an denen sie jetzt fast nur noch schläft.

Sieben Tage für die Ewigkeit.

***

Afrikanische Skizzen

Wenn man ihn danach gefragt hätte, hätte Thomas geantwortet, dass alles, sein ganzes Leben eine logische Konsequenz war. Es hatte zu Hause begonnen, Thomas war losmarschiert, dann kam der Weg auf ihn zu, führte ihn Stück für Stück weiter. Theologie zu studieren war für Thomas nur selbstverständlich. Der Rest war gefolgt. Zunächst einer der Professoren für Religionsgeschichte, er bat Thomas um seine Assistenz. Dann ein Promotionsthema, das der Professor ihm nahelegte. Thomas schrieb über die Entwicklung der Kirchen in Südwestafrika. Und schließlich die Missionsgesellschaft, die Thomas nach Abschluss seiner Doktorarbeit fragte, ob er als Missionar in ihrem Namen in der ehemaligen deutschen Kolonie arbeiten wolle. Ohne zu zögern antwortete Thomas mit *Ja*.

Er setzte er sich auf eine Mauer vor der Universität und baumelte mit den Beinen. Dort hatte sie neulich neben ihm gesessen, Ruth, hier auf den Steinen. Und mit ihren Beinen gebaumelt, genau wie er. Sie trug einen blauen Plisseerock, dunkelblau, nachtblau, der ihren weißen Beinen schmeichelte. Sie waren von durchscheinender Blässe.
Thomas kannte Ruth aus einem der Seminare. Und er hatte sie in der Aula Bach spielen hören. So einen präzisen Anschlag gab es selten. Nach den Vorlesungen hatten sie

sich oft unterhalten. Thomas berichtete Ruth von seiner Abschlussarbeit.

Von Afrika habe ich als Kind geträumt, sagte Ruth. Einer ihrer Verwandten sei dort Missionar gewesen, erzählte sie und wusste nicht mehr, wo genau. *Wie ist Afrika,* hatte sie ihn jedes Mal gefragt, wenn er nach Deutschland zu Besuch kam. *Voll von Löwen,* hatte der Verwandte geantwortet und ihr jedes Mal eine andere Geschichte erzählt, in der mindestens ein Löwe vorkam. Ruth war bei diesen Geschichten ein Schauer über den Rücken gelaufen.

Thomas wusste gar nicht genau, was ihn zu dieser Frau hinzog, ja, er wusste nicht einmal, ob es ihn zu Ruth hinzog. Er musste ihr lediglich eine Frage stellen. *Würdest du mitkommen nach Südwestafrika,* sagte Thomas. Etwas in Ruths Augen blitzte kurz auf. *Ja,* antwortete sie ohne zu zögern.

Löwen, sagte Thomas, *sind das geringste Problem* und dachte an Südwestafrika, das immer noch fest unter dem Mandat Südafrikas und damit im Bann der Apartheidpolitik stand. Ferner blickte es auf eine Missionsgeschichte zurück, die im frühen neunzehnten Jahrhundert begonnen hatte, als die ersten Schiffe mit einer Handvoll Missionare an Bord ihre Anker lichteten. Sie folgten einem Plan, wollten in das Innere Afrikas vordringen. In sein Herz, das sie sich roh vorstellten und wild. Genauso wild wie seine schwarzen Bewohner, die in den Augen der Missionare einzig dazu da waren, bekehrt zu werden. Und so begrüßten sie die deutschen Kolonisationsbestrebungen, mehr noch, die Missionare ebneten ihnen den Weg.

Als die Herero sich im Jahre 1904 gegen die Weißen erhoben, konnten sie den technisch überlegenen Truppen nur kurz Widerstand leisten, kaum mehr als einen Tag. Dann flohen die Überlebenden und wurden verfolgt. Verfolgt und in die wasserlose Wüste Omaheke getrieben. Sämtliche Wasserstellen am Rand dieser Wüste wurden besetzt. Fast alle Herero verdursteten. Das war Völkermord. Der erste Völkermord des zwanzigsten Jahrhunderts.

Wie soll das glücken, überlegte Ruth und dachte an Südwestafrika, ein zerrüttetes Land, in dem der Graben zwischen Schwarz und Weiß immer noch so tief war, wie er tiefer nicht sein konnte. *Sie sind weiß,* sagte sie und blickte auf ihre weißen Beine, die so weiß waren, wie sie weißer nicht sein konnten. *Und wir können nicht so tun, als ob wir schwarz wären,* bestätigte Thomas.

Während sie auf ihr Visum warteten, ließ sich Ruth die Pläne des Missionshauses, in dem sie leben würden, zuschicken. Es war klein. Aber es besaß viele Fenster. *Gardinen,* sagte Ruth, *gegen die Sonne, die hätte ich gern* und setzte sich hin, um welche zu nähen. *Die Verschiffungsagentur hat mich darauf hingewiesen, dass uns nur ein Kubikmeter Fracht zusteht,* teilte Thomas ihr kurz daraufhin mit. Ruth sah ihn enttäuscht an. *An erster Stelle,* entschied Thomas, *nehmen wir natürlich Gardinen mit.* Zu den Vorhängen gesellten sich Thomas' Bücher und Ruths Noten, sowie Bilder, die sie im neuen Haus aufhängen wollten. Auch auf das blaue Tafelservice mochten die beiden nicht verzichten. Es kam aus dem hohen Norden, war mit blauen Blumen handbemalt, leuchtend frisch, wie ein friesischer Morgen.

Die bis zur Abreise verbleibende Zeit verbrachten Thomas und Ruth damit, Afrikaans zu lernen und zu heiraten.

Als öd, wüst und leer, anders konnte man diese Landschaft nicht bezeichnen. *Wie die Erde zu Beginn der Schöpfungsgeschichte,* dachte Ruth und fuhr sich mit der Hand über ihre schweißbedeckte Stirn, die Sonne stach vom Himmel. Am Ziel ihrer Reise gab es praktisch nichts als Sand. Der Atem der Wüste lag über allem.

Betonwände und ein Wellblechdach, das Missionshaus war nicht mehr als eine Hütte. Es stand in einer Reihe mit anderen Häusern, nur war es der Kirche am nächsten. *Das wird wohl unser Garten sein,* sagte Thomas. Ein paar Pfefferbäume wuchsen ums Haus, und dann waren da noch Dornenbüsche. *Der Swakop,* meinte Ruth hoffnungsvoll, Thomas schüttelte den Kopf. Der Swakop war zwar breit wie der Rhein, aber ein Trockenfluss. Ein- bis zweimal im Jahr, wenn es geregnet hatte, führte er für ein paar Stunden, ein paar Tage oder einige Wochen Wasser, das im Flussbett zu einer Schlammmasse wurde, die wieder austrocknete. Ruth zuckte mit den Schultern und betrat das Haus. Sie hatte keinen Strom, dafür ein Bad mit fließend Wasser. Ruth biss sich auf die Lippen. Sie hängte alle Gardinen auf und kramte im Gepäck nach dem blauen Geschirr. *Ich werde uns etwas kochen,* entschied sie und machte sich auf den Weg zum einzigen Laden des Dorfes, dem einzigen Laden weit und breit. Dort gab es Werkzeuge, Stoffe, Kerzen, Maismehl, Zucker, Fett und eine Sorte Käse. Ruth wusste, das wäre alles, nicht nur im Laden, sondern für sie. Sie hatten kein Geld für ein Auto.

Am Abend kam ein leichter Wind auf. Thomas und Ruth öffneten Fenster und Türen. Später, in der Nacht, hielt Thomas den Kopf gesenkt, bei Kerzenschein las er in seinen Büchern. Ruth blätterte in ihren Noten und summte vor sich hin. *Du hast bald Geburtstag,* deutete Thomas an.

Keine Löwen, sagte Ruth und versuchte die Kakerlaken zu vertreiben, die sich als hartnäckige Hausgäste erwiesen. Es ging ihr nicht gut, Ruth war schwanger, bleich, müde und ausgezehrt. Die Hitze lastete schwer auf ihr. Sie sickerte durchs Dach und drückte Ruth zu Boden, auf dem kühlen Betonboden ihres Hauses lag sie stundenlang flach.

Thomas machte sich mit einem seiner Arbeitskollegen, einem finnischen Missionar, auf den Weg zu einer Farm im Umland. Dort vereinbarte er eine regelmäßige Belieferung. Einmal die Woche würden sie von nun an Gemüse und etwas Obst erhalten. *Möhren,* triumphierte er, *Rote Bete oder Kohl,* und hielt Ruth einen Apfel unter die Nase, der ihn an den Garten seiner Kindheit erinnerte. Doch Ruth konnte nichts essen.

Der finnische Missionar lieh ihnen sein Auto. Thomas stopfte in die Ritzen der hochgekurbelten Fensterscheiben weiße Handtücher, zum Schutz gegen die Sonne und fuhr los. Über die holperigen Straßen nach Windhuk, die Handtücher schlugen gegen die Scheiben. Ruth lag still auf dem Rücksitz. Als sie im Krankenhaus ankamen, stellte man fest, dass das Kind in ihr schon lange tot war.

Am Sonntag drauf hatte Ruth sich so weit erholt, dass sie in die Kirche gehen konnte. Sie hatte kaum auf einer der harten Bänke Platz genommen, als sie umringt wurde. Die Nachricht vom Verlust ihres Kindes hatte sich herumgesprochen, die schwarzen Dorfbewohnerinnen nahmen Ruth in ihre Mitte. Sie begannen zu singen. Eine von ihnen schloss Ruth dabei in ihre Arme und wiegte sie. Ruth kam sich vor wie ein Kind, ließ sich wiegen und weinte. Der große dunkle Körper, der sie umschloss, hörte dabei nicht auf zu singen.

An ihrem Geburtstag hielt gegen Mittag ein Transporter vor der Tür. Vier Männer luden ein Klavier ab und trugen es ins Haus. Am Abend setzte sich Ruth und spielte. Präzise perlte ihr Anschlag über die schwarz-weißen Tasten. Bachs wohltemperiertes Klavier klang durch die geöffneten Fenster und Türen. Das wohltemperierte Klavier am Rand der Wüste. Irgendwo in Südwestafrika. Mitten im Nichts.

Vierzig schwarze Theologiestudenten kamen zur Mission, gingen bei Thomas und Ruth ein und aus. Sie brachten ihre Familien mit, einen Stapel Zettel und Kugelschreiber. *Wir werden aus diesem Busch-College eine Schule für die zukünftige Elite Südwestafrikas machen*, versprach Thomas, *die Elite, das seid ihr*. Ruth ging daran, von den Vorlesungen, die Thomas hielt, Abschriften zu erstellen, die sie ergänzte und korrigierte und in eine kleine Druckerei ins Ovamboland schickte, wo kein Mensch Afrikaans sprach. Sie kamen mit dreißig Fehlern pro Seite zurück. Ruth markierte sie rot, sandte sie wieder durch Staub und Steppe und wurde mit fünfzehn

Fehlern pro Seite belohnt. Fünfzehn Fehler in etwa. Wie in einem Ping-Pong-Spiel ging es so eine Weile hin und her, bis alles einwandfrei zu Papier gebracht war und gebunden wurde. Jetzt gab es Bücher. Bücher für schwarze Studenten. Sie wurden gelesen, bekamen Eselsohren, Unterstreichungen, Kommentare, wanderten weiter, von Hand zu Hand.

Auch die Weißen kamen zu Besuch. Die Frau eines deutschen Farmers beispielsweise, der nicht in ihrer unmittelbaren Nachbarschaft lebte, schickte ihnen gern ihre Gäste auf einen Nachmittagstee. *Schon allein der schönen Gardinen wegen*, wie sie sagte.

Für eine deutsche Gräfin deckte Ruth deshalb mit dem friesischen Geschirr ein. Zum Tee gab es ein Gebäck, man unterhielt sich über die raue Schönheit des Landes ... über die tapferen deutschen Farmer, die es urbar gemacht hätten und auf Gedeih und Verderb der Gunst des Regens ausgeliefert seien, wie die Gräfin meinte ... über die Karakuls, die schwarzen Fettschwanzschafe Südwestafrikas, die Trockenzeiten überleben könnten, da sie in der Lage wären Fett zu speichern, wie Ruth erzählte ... während die Gräfin nicht genug betonen konnte, wie viel Abenteuerlust und Pioniergeist erforderlich wären, um als Weißer in Afrika zu leben ... *Der Kontakt, den Sie zu Ihren Studenten haben, soll sehr gut sein*, lächelte sie und fragte beiläufig, *sagen Sie, trinken aus der Tasse, die ich jetzt in Händen halte, eigentlich auch schwarze Afrikaner. Selbstverständlich*, nickte Thomas.

Abrupt stellte die Gräfin ihre Tasse ab.

Genauso abrupt, wie der schwarze Missionar sein Gepäck fallen ließ. Er sollte als Lehrer in der Missionsstation beginnen. Fassungslos betrachtete er die „Hütte", die ihm zugedacht war. Demonstrativ nahm er auf einem seiner Koffer Platz. Blieb vor der Haustür sitzen und verschränkte die Arme vor der Brust. *Das ist ein Apartheidhaus*, verkündete er, *in so etwas ziehe ich nicht. Bessere Häuser gibt es hier nicht*, erwiderte Ruth. Der Missionar zeigte mit dem Finger auf das Haus von Thomas und Ruth. *Das scheint mir größer und liegt der Kirche am nächsten. Dann tauschen wir*, bot Thomas an.

Der Himmel färbte sich schwarz. Das, was seit Tagen vorherzusehen gewesen war, erfüllte sich jetzt. Die Kinder der Missionsstation rannten nach draußen, warfen die Arme in die Luft, begrüßten tanzend den ersten Regen. Es regnete mehrere Tage lang. Der Swakop erwachte in seinem Flussbett, Lilien blühten an seinen Ufern. Wasser ist gesprächig. Man kann es von weit her hören. Die Nachricht, dass Weiße ihr Haus verlassen hatten, um es einem Schwarzen zu geben, machte die Runde.

Es war früher Morgen. Ruth sah durch das Küchenfenster, wie eine große Staubwolke sich ihrem Haus näherte, dann hielt ein Lastwagen. der Ladefläche stieg eine Delegation alter Männer vom Stamm der Mbanderu, die, einer wie der andere, dicke Wintermäntel trugen, lange Lodenmäntel aus Deutschland, weiß Gott, wie alt, als wären es Trophäen.

Ruth öffnete die Tür. Einer der Männer trat vor. *Das sind die ältesten unseres Volkes, ich bin der Übersetzer,* stellte er alle vor und fragte, ob hier der Doktor aus Deutschland wohne. Ruth bat sie herein. Die alten Männer klopften sich den Staub von den Mänteln und traten ein. Sie aßen den traditionellen Maisbrei, mit Dosenmilch und Zucker, den Ruth ihnen rasch zubereitete und wandten sich an Thomas. *Möchte der Doktor aus Deutschland das alte Afrika kennenlernen,* fragte der Übersetzer. Thomas nickte. *Die Stammesältesten laden ihn ein, sie heute in einer Woche zu besuchen,* fuhr der Übersetzer fort. Thomas entgegnete, *da unterrichte ich*. Doch die alten Männer stiegen bereits wieder auf ihren Lastwagen. *Sie bitten den Doktor, etwas zum Schreiben mitzubringen*, sagte der Übersetzer noch.

Sie hatten ihm zu Ehren eine Ziege geschlachtet. Der Übersetzer führte Thomas durch das Dorf des Stammes, einem Dorf wie andere Dörfer, nur dass seine Hütten im Kreis angeordnet waren. In ihrer Mitte brannte ein Feuer, an dem die alten Männer bereits auf Thomas warteten. Wieder trugen sie ihre alten, langen Lodenmäntel. *Dies ist kein normales Feuer*, sagte einer von ihnen, der Übersetzer übersetzte. *Dies ist unser Ahnenfeuer, es brennt dort, wo sich die Erde mit dem Himmel verbindet, dort, wo die Lebenden den Toten begegnen. Es darf nie erlöschen. Martin Luther hütet das Feuer,* stellte der Sprecher einen Mann vor, der neu in der Gruppe war und eine deutsche Uniform trug. *Martin Luther*, wiederholte Thomas langsam, während er die Uniform musterte. *Ich trage die Uniform eines Schutztrupplers, der von meinem Volk besiegt worden ist. Das macht mich stark,* sagte

Martin Luther, der Übersetzer übersetzte. *Und was meinen Namen angeht, wir sind Christen. Das hat mit dem Ahnenfeuer nichts zu tun,* bekräftigte er und sah in die Flammen, *es ist nicht so, dass wir alle Traditionen aufgegeben hätten.* Nachdem sie gegessen hatten, erklärte der Übersetzer, was die alten Männer von Thomas wollten. Die Zeiten hätten sich geändert, sagte er, die Preislieder würden nicht mehr gesungen, die Geschichte ihres Volkes ginge mit ihnen verloren. Sie müsse in Afrikaans niedergeschrieben werden, damit man sich auch in Zukunft an sie erinnere, schloss der Übersetzer, die alten Männer sahen Thomas an.

In ihren Lodenmänteln wirkten sie noch immer bizarr, als sie sich viele Abende später von Thomas verabschiedeten. In deutscher Manier reichten die alten Männer ihm einer nach dem anderen die Hand und sagten alle dasselbe: *Auf Wiedersehen, Doktor Kind. Wieso Kind,* fragte Thomas auf der Fahrt nach Hause. *Der Doktor war gelehrig, wie kaum ein Weißer zuvor,* antwortete der Übersetzer. *Gelehrig, wie ein Kind.*

Ruth hätte es als Drecksnestchen bezeichnet, da war sich Thomas sicher. Das Drecksnestchen bestand aus fünf heruntergekommenen Häusern, die einem Polygamisten gehörten, der hier mit seinen fünf Frauen und einer Schar von Kindern lebte, umgeben von Ziegen, Fliegen und einer Ansammlung von Müll. Es roch nach Kot. Thomas atmete flach und bat seinen Studenten vorzugehen, der hier eine der Übungspredigten halten würde, die ihn auf seinen Beruf als Pfarrer vorbereiten sollten. Man nahm vor den Häusern im Schatten eines großen Pfefferbaumes Platz. Der Hausherr legte sich auf die Erde. Er schien betrunken. Seine Frauen aber, und vor allem die Kinder sahen die Wanderprediger erwartungsvoll an. Der Student las den Text vor, mit dem Thomas ihn schon vor Tagen betraut hatte. *Ihr seid das auserwählte Geschlecht, das königliche Priestertum, das heilige Volk...* so zitierte er aus dem Petrusbrief, der Hausherr schnarchte im Suff, die Ziegen meckerten, die Kinder kratzten sich, die Frauen schwiegen. Unsicher begann der Student mit seiner Auslegung, redete sich aber schon nach kürzester Zeit in Rage. *Das auserwählte Geschlecht, das seid ihr,* rief er, *ihr und niemand anders.* Thomas sah ihn an. Der Student redete weiter. Und plötzlich machte das sogar Sinn. Thomas sah sich um und dachte, das ist es, so meint es das Evangelium. Dies ist die urbiblische Situation. Hier spricht Jesus wahrhaftig noch zu den Fischern.

Im Juni des Jahres 1971 wandten sich die Evangelisch-lutherische Kirche und die Evangelisch-lutherische Ovambo Kavango Kirche in einem offenen Brief an den südafrikanischen Premierminister, in dem sie die Verletzung der Menschenrechte, systematische Folter, die Rassenpolitik, die Gebietsgesetze und das Fehlen der Meinungsfreiheit anprangerten. Der Brief endete mit den Worten *und wir erwarten ein freies Namibia.*

Aus wessen Feder das Schreiben stammte, war nicht klar. Auch wenn er von den schwarzen Führern der jeweiligen Kirchen unterzeichnet war, so schien er doch von irgendwo aus dem Nichts zu kommen.

Der Premierminister warf den Kirchen vor, ihren eigentlichen Auftrag zu verfehlen, indem sie die Verkündung des biblischen Wortes mit politischer Betätigung vermischten.

Kirche kann nicht unpolitisch sein. Nicht an jenem Ort, nicht zu dieser Zeit. Sie muss sich einmischen, sagte Thomas zu Ruth irgendwo im Nichts. *Endlich*, meinte Ruth und löschte die Kerze.

Thomas sah hinaus in die schwarze Nacht.

Es dauerte nicht lange, bis es an ihrer Tür klopfte. Die Uniform ließ keinen Zweifel, der Mann, der bei ihnen Einlass verlangte, kam von der Geheimpolizei. *Ich möchte von Ihnen wissen, was Ihre Studenten sagen*, bedeutete er. *Kommen Sie*, sagte Thomas, *trinken wir eine Tasse Tee.*

Das friesische Tafelservice war nicht mehr vollständig. Es hatte sich nicht als robust genug erwiesen und war bei diesem und jenem Anlass in Scherben gegangen. Um genau zu sein, gab es nur noch vier Teller und zwei Tassen, von denen Thomas dem Polizisten eine hinstellte. Ruth schenkte den Tee ein. *Bevor ich rede, würde ich gerne mit Ihnen bekannt werden,* sagte Thomas. Der Polizist nahm einen Schluck Tee. *Sind Sie Christ*, fragte Thomas. *Ja*, antwortete der Polizist. *Gehen Sie in die Kirche*, fragte Thomas. *Ja*, antwortete der Polizist. *Beteiligen Sie sich aktiv in der Gemeinde*, fragte Thomas. *In der Jugendarbeit*, antwortete der Polizist. *Sprechen Ihre Jugendlichen in Ihrer Gegenwart über das, was sie beschäftigt*, fragte Thomas. *Ich habe ihr volles Vertrauen*, antwortete der

Polizist. *Erzählen Sie die Ihnen anvertrauten Dinge weiter*, fragte Thomas. *Nein*, antwortete der Polizist. *Dann werden Sie verstehen, dass unsere Unterhaltung jetzt beendet ist*, sagte Thomas.

Thomas spülte und trocknete die Tasse sorgfältig ab und stellte sie ins Regal, zu der anderen. Ruth nahm sie wieder heraus und betrachtete sie ernst. *Das alles*, sagte sie, *reicht noch lange nicht aus*.

Im September sahen sich die Mitarbeiter der Missionsgesellschaft durch den offenen Brief der schwarzen Kirchen zu einer Positionsbestimmung herausgefordert. Sie beriefen eine Konferenz ein. Es war eine Konferenz der Weißen. *Wir haben viele Möglichkeiten zur Herstellung von Kontakten zwischen den Rassen und Völkern ungenutzt gelassen ... Wir haben das Streben der Einheimischen nach menschlicher Anerkennung und Selbstständigkeit oft verkannt und uns mit dem Gedanken beruhigt, dass sie mit ihrer Rolle als Untergeordnete zufrieden seien ... Wir haben nicht mutig und konsequent genug praktiziert, dass in der Kirche die menschlichen Unterschiede ihre trennende Bedeutung verlieren ...* hieß es da unter anderem. All das wurde schriftlich festgehalten.

Das alles reicht noch lange nicht aus, hörte Thomas in sich die Worte von Ruth und stand auf. *Wer dieses Schuldbekenntnis unterzeichnen will und damit einverstanden ist, dass es öffentlich gemacht wird, möge sich erheben*, sagte er. Und blieb stehen.

Wie in Zeitlupe richtete sich einer nach dem anderen auf, bis der ganze Saal stand.

Irgendwo auf einem Staatsgebiet von 824.292 Quadratkilometern, zwischen 17,87 und 29,9808 Grad südlicher Breite und 12 und 25 Grad östlicher Länge, in Südwestafrika, einem der am dünnsten besiedelten Länder der Erde, öffnete ein Herero die Tür zu einem Unterrichtsraum. Im Zimmer war kein Platz mehr frei, so dicht gedrängt saßen die Studenten.

Eine Möglichkeit bleibt immer, sagte Thomas und klopfte sich scherzhaft auf seinen Schoß. Der Herero ließ sich dort nieder. Über eine Stunde blieb er auf Thomas Schoß sitzen.

Der vorliegende Text beruht auf Tatsachen. Er orientiert sich am Leben und Wirken von Prof. Dr. Theo Sundermeier und seiner Frau Renate.

Über die Autorin

Frauke Tuttlies, 1966, geborene Sundermeier. Von Bünde über Teheran, Tokio, Bielefeld, Münster, Hamburg, Schwäbisch-Hall, Villingen-Schwenningen nach Berlin. Hier lebt und arbeitet sie heute als freie Werbetexterin, Journalistin und Autorin. Bisherige Buchveröffentlichungen: *„Der Kiez zeigt Gesicht", „gebrochene Akkorde", „Alles Lüge", „'n Groschen Roman".*

1. Auflage August 2011

Lektorat, Umschlaggestaltung, Satz & Layout: Enrico Keydel
Coverfoto: Jan Gropp, Jena, www.blickreflex.de

Die Geschichten „Tal der Rosen" und „Freier Raum" wurden erstmals veröffentlicht in: Frauke Tuttlies „Alles Lüge", Geest-Verlag 2009, ISBN 978-3-86685-166-5; die Geschichte „Afrikanische Skizzen" wurde erstmals veröffentlicht in: „So ein Mensch - Die Auseinandersetzung mit Vorbildern" - Anthologie zum ‚Dritten Brüggener Literaturherbst', Ellen Roemer (Hg.), Geest-Verlag 2010, ISBN 978-3-86685-269-3 Der Abdruk hier erfolgt mit freundlicher Genehmigung des Geest-Verlages.

www.worthandel.de
ISBN 978-3-935259-66-8

Herausgegeben von Enrico Keydel

Frauke Tuttlies

Am Rand der Erinnerungen

Geschichten über Menschen mit Geschichte